Das Mädchen,
mit dem die Kinder nicht
verkehren durften

IRMGARD KEUN

Das Mädchen, mit dem die Kinder nicht verkehren durften

Roman

KIEPENHEUER
& WITSCH

MIX
Papier aus verantwortungsvollen Quellen
FSC® C083411

Verlag Kiepenheuer & Witsch, FSC® N001512

1. Auflage 2016

Der Roman erschien erstmals 1936
bei Allert de Lange in Amsterdam.

Umschlaggestaltung: Barbara Thoben, Köln
Umschlagmotiv: © akg-images
Foto der Autorin: © ullstein bild
Gesetzt aus der Whitman
Satz: Buch-Werkstatt GmbH, Bad Aibling
Druck und Bindung: CPI books GmbH, Leck
ISBN 978-3-462-04991-6

MEIN ERSTES TESTAMENT

Meine Eltern sind immer auf der Seite von den Lehrerinnen, und darum bin ich gleich nach der Schule zum Herrn Kleinerz von nebenan gegangen und habe ihm alles erzählt.

Der Herr Kleinerz ist schon alt, mindestens vierzig Jahre, und darum kann er selbst keine Kinder mehr kriegen. Sie sagen, mein Vater hätte mich in die Welt gesetzt. Ich weiß nicht, wie er das gemacht hat, aber ich glaube, dass furchtbar viel dazu gehört, so was einfach zu können, und mein Vater ist zu bewundern. Wo mag ich denn nur vorher gewesen sein?

Eine Frau hat der Herr Kleinerz auch nicht mehr. Meine Mutter hat gesagt, das hätte er um die Frau wirklich nicht verdient, und sie hätte auch noch ganz zuletzt Schulden auf seinen Namen gemacht.

Ich darf immer zu ihm in den Garten, da fallen manchmal kleine Vögel aus dem Nest. Die ziehen wir dann auf und pflegen sie, aber sie sterben fast immer, weil sie eine innerliche Verletzung haben und zu ihren Eltern wollen und piepsen, bis sie tot sind. Es ist furchtbar traurig mit den kleinen Vögeln, aber wir haben jetzt eine Drossel durchgebracht.

Ich bespreche mich immer mit dem Herrn Kleinerz, mein Vater fragt ihn auch oft wegen Steuern. Der

Herr Kleinerz hat mir gesagt: ein Mensch müsse gut sein, aber er dürfe sich nicht zum Jeck machen lassen. Ich habe ihm alles erzählt von dem Fräulein Scherwelbein –, und wenn am Samstag das Begräbnis ist, soll er meine Eltern einladen und auch die Tante Millie, damit sie nicht zum Melatener Friedhof gucken kommen und sehen, dass ich als Einzige von der ganzen Schule nicht dabei bin.

Ich weiß wirklich nicht, wie alles gekommen ist und warum. Zuerst ist mir die richtige Elektrische fortgefahren, und dann komme ich immer zu spät in die Schule. Ich wunderte mich schon gleich auf dem Flur, als ich den Lärm in der Klasse hörte, denn es war schon zehn Minuten nach acht. In der Klasse war noch keine Lehrerin, und ich habe dann auch etwas Krach gemacht. Aber nicht viel. Nur mal eben dem fiesen Trautchen Meiser ganz wenig Kletten, die ich immer bei mir tragen muss, auf den Kopf gelegt. Denn das Trautchen verklatscht mich immer und darf nicht mit mir verkehren, weil ich mit seiner Mutter in schwerer Feindschaft lebe.

Meine Freundin, die Elli Puckbaum, hat laut gelacht, und das Trautchen hat gekreischt –, da ist das Fräulein Knoll, unsere Klassenlehrerin, reingekommen. Alles ist still geworden, dem Trautchen sein Haar hing ganz voll Kletten, und die Augen von Fräulein Knoll waren rot. Als wenn ein Messer durch meinen Bauch ging, so habe ich mich erschrocken und bin ganz heiß geworden im Gesicht und habe mich geniert, weil das

Fräulein Knoll geweint hat. Ich kann das nicht sehen, wenn Erwachsene weinen. Etwas Furchtbares ist dann auf der Welt, denn sie weinen doch fast nie.

Die Nase von Fräulein Knoll war rot und geschwollen und die Stimme auch: »Kinder, etwas unendlich Trauriges ist geschehen –, unsere liebwerte Direktorin, unser allgemein so hochgeschätztes Fräulein Scherwelbein, ist gestorben.« Dann schniefte sie mal mit der Nase, so wie ich es nie bei Tisch tun darf. Und dann war alles still, und dann schleuderten ein paar Kinder ihre Arme auf das Pult und den Kopf hinterher und weinten, dass man es hörte. Vor mir das Trautchen zitterte mit den Schultern, und die Kletten in seinem Haar wippten.

»Kinder, arme Kinder«, hat das Fräulein Knoll gesagt, »fasst euch doch nur.« Und hat geschluchzt. Es war furchtbar. Ich wollte auch etwas tun und habe mich gemeldet und gefragt: »Woran ist sie denn eigentlich gestorben?« Denn ich habe wirklich oft gehört, dass man das in solchem Fall fragt und habe es nur gut gemeint. Aber da hat Fräulein Knoll gleich geantwortet, ich wäre ein rohes Kind, und in meinen Augen stünden keine Tränen. Und ich sollte nur einmal daran denken, dass ich nun nie in meinem Leben Fräulein Scherwelbein mehr sehen würde. »Kinder, euch berührt jetzt die Majestät des Todes, ihr alle werdet nie in eurem Leben Fräulein Scherwelbein noch mal wiedersehen.«

Da haben wieder ein paar Kinder laut durch die Klasse geweint, ich bekam richtig Gänsehaut auf den Armen und konnte nur ganz leise sagen: »Aber ich habe sie ja überhaupt noch nie gesehen.« Das ist nämlich wahr. Denn wir kommen erst ins dritte Schuljahr, und das Fräulein Scherwelbein war furchtbar alt und schon sehr lange krank, und wir kennen nur ihre Vertreterin, das Fräulein Schnei. Nur die Elli hat Fräulein Scherwelbein mal gesehen – an einem Stock wäre sie gegangen und hätte gläserne Augen gehabt und mit dem Kopf gewackelt. Ich habe an unser Eichhörnchen gedacht, das gestorben ist. Es war so schön wie ein Zauber aus einem glänzenden Bilderbuch, und fröhlich war es und hat in meinen Haaren geturnt, und an einem Morgen war es auf einmal tot, weil es Kopierstift gefressen hat von meinem Vater seinem Schreibtisch. Ich wurde auch etwas tot danach, und unsere Wohnung war ganz verändert, und nichts war mehr richtig schön.

Ich hab auch an das Lappes Marjenn gedacht, das Lumpen sammelt und auch furchtbar alt ist und mit dem Kopf wackelt, und dass wir es immer beschützen, seit Hänschen Lachs die Horde der rasenden Banditen gegründet hat.

Als ich an mein Eichhörnchen dachte und dass das Lappes Marjenn nun auch vielleicht bald stirbt, hätte ich um ein Haar geweint –, aber da rief das Fräulein Knoll: »Pfui, Kind, pfui!« Und ich sollte mich schämen

und in mich gehen. Und hat dann gefragt: »Schämst du dich jetzt? Bist du jetzt traurig?«

Alle Kinder haben aufgehört zu weinen, alle haben mich angeguckt und schwer geatmet. Ich hatte ja meiner Mutter versprochen, dass ich den Teufel der Wut nie mehr in mich einlassen würde. Aber als sie mich alle so starr und widerlich anguckten, da ist ein ganz glühender Teufel der Wut in mich gefahren, und ich wollte es auch und habe mit den Füßen getrampelt und geschrien: »Ich schäme mich nicht, ich bin nicht traurig, ich schäme mich nicht.«

Alle Kinder dürfen jetzt in geordnetem Zug am Samstagnachmittag mit zum Begräbnis gehen, und sie müssen weiße Kleider anziehen mit schwarzen Schärpen und kriegen einen Strauß mit weißen Rosen in die Hände. Nur ich darf nicht mitgehen, weil ich im Angesicht des Todes gefrevelt habe.

In der Pause haben die Kinder nicht mit mir gesprochen. Sie taten alle furchtbar wichtig und so, als wären sie selbst gestorben. Ich bin ganz allein für mich gegangen und hab getan, als machte ich mir gar nichts draus und war starr wie aus Eis. Erst wollt ich auf dem Hof das Trautchen Meiser und das Minchen Lenz gegen die Schienbeine treten. Aber der Teufel der Wut war nicht mehr in mir, und meine Füße waren ganz müde und hatten keine Lust zum Treten. Und ich habe gedacht, dass die Elli doch auch nicht geweint hat und noch mehr Kinder nicht –, und dass die jetzt zu mir kommen würden und mit mir sprechen. Aber sie sind nicht gekommen und haben nur getan wie fremde Erwachsene, wenn ich sie anguckte. Da wollt ich gern tot sein. Aber ich habe mir nichts anmerken lassen und von meinem Butterbrot gegessen und gar nicht gemerkt, was für Belag ich draufhatte. Und es war mir auch egal, dass ich eigentlich an Selma Ingel ein Leberwurstbrot gegen Salmiak-Pastillen hatte tauschen wollen.

Mir war schlecht zum Übergeben, und ich bin in den Flur raufgegangen, weil keiner sehen sollte, dass mir so schlecht war. Ich musste heimlich schleichen, denn es ist verboten, dass Kinder sich während der Pausen woanders aufhalten als im Schulhof. Noch nicht mal verstecken darf man sich, wenn keiner was mit einem zu tun haben will.

In einer dunklen Flurecke stand das Fräulein Knoll mit unserer Turnlehrerin, dem Fräulein Teigern. Und das Fräulein Knoll hat gesagt: jetzt, wo die alte Scherwelbein tot wäre, würde man sie, das verdienstvolle Fräulein Knoll, vielleicht nicht mehr halten, die Scherwelbein hätte sie gehalten. Und sie hätte noch eine Mutter zu versorgen, und was jetzt aus ihr würde? Sie hat wieder geschluchzt, da bin ich ganz froh geworden, und das Fräulein Teigern hat gesagt: Gott, es war schließlich das Beste für so ein hohes krankes Alter gewesen, und es wäre ja auch trotz allem gut, wenn mal frisches Blut reinkäme.

Als ich zu Haus erzählt habe, dass Fräulein Scherwelbein gestorben ist, hat meine Mutter gleich gefragt: »Ach, woran ist sie denn gestorben?« Und Tante Millie hat auch gefragt. Erwachsene dürfen immer alles und Kinder nichts. Ich wollte auch sagen, dass ich nicht mit zum Begräbnis dürfte, aber da fing die Tante Millie mit den fünf großen Einmachgläsern an, die sie heute Morgen hinter meinem Regal entdeckt hätten. Nur aus dem einen Einmachglas hatte ich die Kürbisse rausgegessen, weil ich es brauchte, die anderen Gläser waren alle leer gewesen. Ich hatte verschiedene Raupen reingetan, die sich darin verpuppten. Herrliche puschlige Tiere hatte ich – Löwenraupen in Gelb und Rot wie kleine Bürsten und braune Bärenraupen und glatte Seidenspinner und unerhörte Ligusterschwärmer, wunderbar grün mit leuchtenden roten Tupfen. Ich hatte immerzu nur Raupen gesucht und sonst fast gar nichts mehr tun können. Weil diese Raupen sich untereinander bekämpften, brauchte ich für jede ein Extraglas. Jeder Mensch würde das einsehen außer der Tante Millie. Und die Raupen hatten sich schon verpuppt, bald hätte ich Schmetterlinge gehabt, die hätte ich im Königsforst fliegen lassen. Richtige Kokons habe ich schon in den Einmachgläsern gehabt, und da haben sie zu Haus gedacht, es wäre Schmutz und haben alles rausgekratzt und auf mich geschimpft. Da war ich so verzweifelt, dass sie meine Kokons zerstört haben, und mir war alles egal, und nie mehr werde ich was sagen und ganz für mich allein leben.

Am Samstagmorgen mussten wir alle in die Turnhalle. Ich musste mich in eine Ecke setzen, und die anderen Kinder haben sich paarweise aufgestellt und geübt, wie sie am Nachmittag zum Begräbnis gehen. Meine Eltern kommen auch hin, obwohl der Herr Kleinerz sie doch extra eingeladen hatte, um sie davon abzubringen. Wenn ich ihnen sage, dass ich als einziges Kind nicht mitdarf, weint meine Mutter und verliert den Glauben an mich.

Immer sollen vier Kinder in einer Reihe gehen. Aber zuletzt sind drei Kinder übrig. Da kommt das Fräulein Knoll zu mir und sagt ganz hinterlistig: sie wolle mir verzeihen –, wenn ich ernstlich bereute und vor allen Kindern verspräche, mich zu bessern, dann dürfte ich mitgehen, das Trautchen Meiser wäre bereit, mir die Hand zu reichen. Ich würde aber nie so einem fiesen Kind die Hand reichen und dann stundenlang in einer Reihe mit ihm gehen. Und das Trautchen Meiser war auch gar nicht bereit, mir die Hand zu reichen, und die beiden anderen Kinder in der letzten Reihe, an der noch ein viertes Kind fehlte, sahen ganz erschrocken aus, weil sie mit mir gehen sollten. Und das Fräulein Knoll wollte mir auch nur verzeihen, weil ihr ein Kind für die Serie fehlte, und sie wollte gar nicht richtig gut mit mir sein, keiner wollte gut mit mir sein. Da habe ich an den Herrn Kleinerz gedacht und dem Fräulein

Knoll gesagt, ich ließe nicht den Jeck mit mir machen und wollte jetzt nicht mehr mitgehen.

Ich bin von zu Haus fortgegangen mit einem weißen Kleid und einer schwarzen Schärpe. Meine Tante Millie hat gesagt: »Das Kind sieht ja geradezu rührend aus.« Ich habe getan, als wenn ich zur Schule ginge, um mich da in den Begräbniszug einzuordnen. Und bin dann im Grüngürtel rumgelaufen und habe gefroren.

Ich habe von Weitem gesehen, wie meine Eltern auf der Aachener Straße vor dem Melatener Friedhof standen und auf den Zug warteten. Viele Leute waren da. Ich habe mich langsam rangeschlichen, und der Trauerzug ist gekommen. Die Pferde waren ganz schwarz, und die Töne von der Musik waren ganz langsam und schwer –, die Luft war ein trauriger Schleier, und alle Männer haben den Hut abgenommen. Mein Herz hat dumpf geklopft, ich bin immer näher an meine Eltern und an die Tante Millie rangegangen. Die Kinder sind alle vorbeigezogen mit weißen Rosen in den Händen. Viele Frauen haben geweint, und ich konnte hören, wie die Tante Millie schluchzte und sagte: »Ach, wie ergreifend – ach, was für ein wundervolles Begräbnis.« Und sie hat sich auf die Zehenspitzen gestellt. Wenn eine Hochzeit ist, macht sie es genauso.

Meine Mutter hat nur immer gesagt: »Aber wo ist denn nur das Kind?« Und sie hat meinen Mantel unterm Arm gehabt. Und hat geguckt und wollte gar nichts sehen, nur mich wollte sie sehen und mir dann den Mantel geben, damit ich nicht friere und mich nicht erkälte. Da habe ich furchtbar weinen müssen und habe sie angerufen, sie war ganz erschrocken.

Ich habe alles gesagt –, dass ich im Angesicht des Todes gefrevelt habe und alles und habe versprochen, gut zu werden.

Am Abend ist der Herr Kleinerz gekommen und hat mir seine größte Winterbirne gebracht. Die habe ich aber nicht gegessen, sondern meiner Mutter geschenkt, und die hat sie mit mir geteilt. Ich musste auch der Tante Millie was abgeben, aber das habe ich nur meiner Mutter zuliebe getan. Denn die Tante Millie hat gesagt: ich hätte Schande über die Familie gebracht. Aber meine Mutter hat mir übers Haar gestrichen. Das hat mich etwas gewundert, denn sie ist sonst leider immer verbündet mit den Lehrerinnen und hält mit ihnen zusammen gegen mich.

Und dann habe ich ein Testament gemacht für den Fall, dass ich sterbe. Der Herr Kleinerz hat mir geholfen. Ich werde neue Kokons züchten, und die vermache ich meiner Mutter. Und ich verbiete ausdrücklich, dass Fräulein Knoll und Trautchen Meiser und Minchen Lenz bei meiner Beerdigung dabei sein dürfen.

DIE HORDE DER RASENDEN BANDITEN

Gestern Abend konnte ich gar nicht einschlafen, weil ich eine blutige Vergeltung für die Frau Meiser ausdenken muss, die wir die giftige Kugel nennen. Und ich bin sowieso immer so müde morgens, und dann trödle ich beim Anziehen und lasse ganz laut im Badezimmer das Wasser laufen, dass sie denken, ich wasche mich. Ich setze mich aber auf den Rand von der Badewanne, um noch etwas zu schlafen. Darum komme ich oft zu spät in die Schule. Hänschen Lachs sagt auch, es wäre ein Unrecht, Kinder in das rasende Rad der Zeit zu spannen, er weiß das aus richtigen erwachsenen Büchern. Und der Herr Kleinerz von nebenan hat zu meinem Vater gesagt, auf Arbeit stünde Lohn, er würde es seinem Direktor schon geben –, für umsonst zu arbeiten, wär er nicht jeck genug.

Aber wir Kinder müssen umsonst arbeiten und haben nie Dank davon. Nur Ärger. Minchen Lenz und Trautchen Meiser kriegen wohl manchmal Fleißkärtchen mit der Mutter Gottes drauf und dem Jesuskind. Ich habe noch nie eins bekommen. Aber ich habe auch viel lieber Abziehbildchen und chinesische Wunderblumen. Dann sitze ich mit meiner Mutter, und sie hat eine blaue samtige Bluse an. Die elektrische Birne summt wie ein Heimchen, es riecht nach warmem

Zimmer, wir sind ganz für uns allein und tun die chinesischen Wunderblumen in eine Schüssel mit Wasser. Erst sind sie ganz klein und krunklig, und dann werden sie immer größer und ganz bunt und blühend vor unseren Augen. Dann bin ich so glücklich, dass ich gar nicht sprechen kann, und ich möchte weinen und beten, damit ich nie mehr Kummer bereite. Und manchmal lassen wir in der Schüssel auch Walnussschalen mit winzigen Lichtern drin schwimmen. Das sind dann kleine Boote auf wild bewegtem Meer, die nach fernen Inseln steuern, und ich schütze ihr Licht und herrsche über sie wie ein lieber Gott.

Minchen Lenz und Trautchen Meiser konnten auch nicht in die Horde der rasenden Banditen aufgenommen werden, weil sie schreien, wenn man ihnen Kellerasseln in den Hals steckt –, und wir können keinen aufnehmen, der die Prüfungen nicht besteht. Denn wir müssen stark sein und kämpfen für das Gute und Edle.

Ich habe zur Prüfung ein ziemlich großes Stück von einem Regenwurm teilweise geschluckt und wieder rausgewürgt wie ein Zirkuskünstler und in dem Schrebergarten vom Kommissar einen Kürbis angeschlichen und erobert. Jetzt bin ich Rivale geworden, das ist das Zweithöchste. Das Höchste ist Hänschen Lachs, nämlich Vizekönig. Hänschen Lachs weiß das alles aus den Büchern. Nach Rivale kommt Sekretär, das ist Ottchen Weber. Dann haben wir noch Götzen und Fetische, lauter Jungens, die ein Jahr jünger sind –, im Ganzen vier Götzen und einen Fetisch. Wir hätten ja auch Gemeine nehmen können, aber die hätten dann immer gleich Offizier sein wollen oder auf andere Art befördert, und das geht nicht, weil wir in unserer Höhle im Stadtwald nur für die drei Höchsten Platz haben, für den Dritthöchsten sogar nur zur Hälfte. Darum müssen wir die Götzen und Fetische auch immer ausschwärmen lassen und uns was ausdenken, das sie erkundschaften sollen. Manchmal ist es furchtbar schwer für uns, immer wieder was Neues für sie zu finden, und manchmal sind sie uns eigentlich eine Last. Aber wir müssen sie ja haben, weil wir sonst keine drei Höchsten sind.

Niemals möchte ich später General werden, denn ein General hat tausend und abertausend Soldaten – ich wüsste nicht, was ich als General mit denen von morgens bis abends anfangen sollte. Vielleicht weiß ein General es auch nicht und lässt sie darum totschießen. Herr Kleinerz hat auch gesagt, Generale wollten immer Krieg, und erst, wenn der Krieg verloren ist, wollen sie Frieden und ziehen sich zurück und züchten Rosen. Unten in unserem Haus wohnt ein General, man sieht ihn fast nie, ich kenne eigentlich von ihm nur das Holzbein. Es ist ein Bein mit einem Schuh dran und Stoff. Wenn ich morgens zur Schule gehe, steht manchmal der Bursche vom General vor der Tür und bürstet das Bein ab. Ich habe etwas Angst vor dem

Bein und trau mich nie, richtig hinzusehen, aber ich möcht es doch auch wahnsinnig gern mal anfassen. Von meinen Puppen sind auch schon mal die Beine abgegangen, aber die hingen dann an Gummi. Bei einem General ist doch alles anders.

In unserer Höhle hab ich auch schon mal gedacht, dass ich vielleicht lieber Fetisch wäre, aber dann würde Hänschen Lachs mich verachten, und ich könnte auch nicht in der Höhle sein und Befehle erteilen. Dabei langweile ich mich manchmal auf den kalten Steinen und friere.

Wenn die Götzen und Fetische nach dem Ausschwärmen wiederkommen, ruft Hänschen Lachs mit dumpfer Stimme: »Götzen und Fetische, neigt euch vor den Steinen unserer Felsenburg!« Und dann neigen sie sich. »Was erblickte euer scharf blickendes Auge?« fragt der Vizekönig. Und dann sagen sie es. Sie müssen das alle fünf auf einmal sagen, weil das ein griechischer Chor ist. Ich bin immer gegen den griechischen Chor gewesen, und er ist uns auch zum Verderben geworden.

Hänschen Lachs weiß das mit dem griechischen Chor von seinem Vater, denn der ist Professor und Lehrer in Griechisch. Ich liebe meinen Vater, weil er nicht Lehrer ist und sich nicht immer so lästig in die Schularbeiten von einem Kind mischt. Hänschen Lachs hat gemeint, man dürfe den Tag nicht vor dem Abend loben, und es könne mir passieren, dass mein Vater auf

einmal auch noch Lehrer würde. Aber mein Vater hat gesagt, er sattle in seinem Alter nicht mehr um, und mit mir hätte er Schwierigkeiten genug, da brauche er keine Klasse von Kindern. Meine Mutter meinte, er neige ja auch zum Jähzorn, das dürfe er nicht als Lehrer. Da ist mein Vater ganz rot und blau geworden und hat seine Stimme furchtbar durchs Zimmer donnern lassen und sich selbst nicht mehr gekannt und mit den Fäusten auf den Tisch getrommelt: er wäre der sanfteste Mensch. Seine ganze Sorge würde der Familie gelten, und dass man ihn jähzornig nennen würde, müsse er sich verbitten. Dann ist er fortgelaufen, es war schon nach sieben Uhr und mitten in der Nacht. Aber er ist ganz schnell wiedergekommen mit Schaumkuchen, die esse ich furchtbar gern. Meine Mutter hat gesagt: so was wäre geradezu rührend von einem Mann. Sie hat aber ganz leise gesprochen, denn wenn mein Vater hört, dass er ein rührender Mann ist, wird er von Neuem wütend und donnert noch mehr.

Ich hätte meinem Vater gern erzählt, dass ich jetzt Rivale bin, aber wir haben dem Vizekönig einen Schwur abgelegt, alles geheim zu halten, denn sonst wird das steinerne Auge des Fo zur verzehrenden Flamme. »Das Auge des Fo« ist ein wichtiges Buch, und das steinerne Auge haben wir daraus gebildet, es ist ein echter Kieselstein, den wir mit unserem Blut geweiht haben, und wir müssen es immer bei uns tragen.

Es ist unsere Pflicht, den Schwachen und Bedrückten zu helfen, dagegen können wir gar nichts machen. Und wenn die Erwachsenen es nicht verstehen, müssen wir es trotzdem tun. Auch durch die Sache mit dem weißen Kind dürfen wir uns nicht entmutigen lassen.

Da kamen nämlich die Götzen und Fetische an unsere Höhle geschwärmt und meldeten im griechischen Chor: »Auf der wüsten Steppe am reißenden Wasser steht ein einsames kleines Kind.« – »Java und Togo«, brüllte Hänschen Lachs, denn das ist unser Schlachtruf. Und wir rasten alle auf die Stadtwaldwiese zum Planschweiher, wo ein kleines Mädchen im weißen Kleid stand. »Java und Togo«, brüllten wir alle und umringten das Kind, weil wir es doch retten wollten. In der Höhle wollten wir ihm einen Labetrunk geben und es dann seinen Eltern bringen. Aber das blödsinnige Kind schrie furchtbar, vielleicht wegen der roten Tinte, mit der wir drei Höchsten unsere Gesichter blutig befleckt hatten.

Wenn wir nicht alle so laut geschrien hätten, würden wir es gehört haben, wie der wütende Mann kam. Jetzt müssen wir sieben Jahre lang die Schande abwaschen, weil der blutrünstige Schurke dem Vizekönig und dem Fetisch eine Ohrfeige gegeben hat. Mir auch eine. Lauter Leute kamen, und der blutrünstige Schurke schrie, wir hätten seinem armen, unschuldigen kleinen Kind was tun wollen. »Pfui über die rüde

Gesellschaft«, riefen die Leute, und die Frau Meiser, die giftige Kugel, war auch dabei und kreischte: »Die kenne ich doch!«

Als wir fortgelaufen sind, ist das weiße Kind uns nachgelaufen –, es hat gar nicht mehr geweint, sondern wollte mit uns spielen. Aber mit so kleinen Kindern spielen wir nicht, die retten wir nur.

Die giftige Kugel hat am Abend alles unseren Eltern erzählt. Und vorher hat sie von einer Bank aus beobachtet, wo wir unsere Höhle hatten und uns dann an unseren furchtbarsten Feind, einen ganz gemeinen Stadtwaldwärter, verraten. Wir nennen ihn »das schleichende Aas des Waldes«, denn so ist er. Es ist auch ein guter Wärter da –, nämlich »der Herr des Dschungels«, den beschützen wir und haben auch schon mal seinen Garten umgegraben, und er hat uns Buttermilch gegeben und uns ein Kartoffelfeuer gemacht.

Also, da saßen wir drei Höchsten wieder in unserer Höhle und berieten, und die Backe vom Vizekönig war geschwollen, als hätte ihn eine Biene gestochen. In der Sommerfrische haben meine Mutter und Tante Millie zusammen mit anderen Frauen immer vor Angst wild gejauchzt, und interessant mit den Händen gewedelt, wenn nachmittags Wespen auf den Pflaumenkuchen surrten – mit langen geringelten, gefährlichen Leibern. Bienen fanden sie noch gefährlicher. Und Hummeln, die wie schnurrende, gemütliche Samtkissen sind, fanden sie noch tausendmal gefährlicher. Da bin ich mal an einen Stadtwaldbaum gegangen, so ganz heimlich, und hab eine Biene von einem Blatt genommen und in meiner Hand gehalten, bis sie gestochen hat. Es war nicht sehr schlimm für mich, aber für die Biene war's schlimm. Die hatte nämlich ihren Stachel verschwendet und konnte keinen neuen mehr kriegen. Meine Hand wurde etwas dick, aber sonst passierte nichts – und ich hatte gedacht, die Welt würde verändert sein durch das Stechen der Biene.

Als wir da nun so in der Höhle saßen, rasten auf einmal die Götzen und Fetische heran und zitterten vor Aufregung. Und der Vizekönig befahl: »Neigt euch vor den Steinen unserer Felsenburg.« Und sie neigten sich und riefen im griechischen Chor, den sie doch jedes Mal vorher so lange üben müssen: »Das schleichende Aas des Waldes naht, o Herr!« Aber das schleichende Aas des Waldes nahte nicht –, bei »O Herr« war es da und stand vor unserer Höhle. Die Götzen und Fetische schwärmten sofort aus ohne Befehl, wir drei Höchsten saßen gefangen in unserer Höhle –, und Ottchen Weber, der als Dritthöchster halb draußen saß, bekam die erste Ohrfeige. Weil wir nämlich keine Höhlen bauen dürfen im Stadtwald, und weil da die Sache mit der Edeltanne ist. Aber das ist ein ganz gemeiner Verdacht, nur das Lappes Marjenn weiß Bescheid. Das sammelt Lumpen und ist ganz alt und arm mit entzündeten Augen und zittrigen Händen. Wir passen auf, dass die anderen Kinder ihr nicht »Hexe« nachrufen und sie mit Steinen schmeißen. Aber das tun sie fast nie mehr, denn wir sind gefürchtet.

Die Edeltanne haben wir letzte Weihnachten abgesägt, aber eigentlich nur halb, dann ist sie von selbst umgefallen. Das Lappes Marjenn hätt sonst zur heiligen Christnacht keinen Baum gehabt. Der Baum war so groß und das Zimmer vom Lappes Marjenn so klein –, da konnten wir den Baum nicht aufstellen, sondern mussten ihn quer ins Zimmer legen. Das sah aus wie in einer Wildnis, und als wenn der Baum schliefe. Keiner hatte mehr Platz im Zimmer, auch das Lappes Marjenn nicht. Wir sind vor der offenen Tür gestanden und haben auf den Baum geguckt und »Stille Nacht, heilige Nacht …« gesungen. Das Lappes Marjenn hat ganz glücklich geschnauft und gesagt: »Leven Jott, wat jibt dat für'n schön Brennholz, wenn die Nadelen abjefallen sinn.«

Natürlich müssen wir jetzt eine neue Höhle haben, weil die giftige Kugel uns verraten hat. Dann müssen wir den Höhlenschatz bergen und an der giftigen Kugel Vergeltung üben.

Ich weiß auch schon eine neue Höhle. Nachmittags gehen wir zu dem tiefen Teich hinter der Fabrik von meinem Vater. Man muss furchtbar steile Sandwände mit spitzen Kieselsteinen drin runterrutschen. Hänschen Lachs sagt, es handle sich um einen wild schlummernden Talkessel. Am Ufer des aufgepeitschten Sees bauen wir unsere neue Höhle.

Mein Vater hat streng verboten, dass wir jemals hier spielen, weil der Sand uns plötzlich ersticken könnte, indem er nachgibt. Aber wir spielen ja gar nicht hier. Wir kämpfen für das Gute und Edle, und in dem Teich müssen wir Kaulquappen fangen, die wir dann in die besten Einmachgläser tun und sich entwickeln lassen.

Zuerst habe ich gesagt, wir könnten die Frau Meiser eigentlich mit dem Totenkopf erschrecken, denn sie ist furchtbar feige, nur bei ihrem Mann nicht. Der hat auch neulich in der Wirtschaft »Zom leven Madönnche« erzählt, diese Frau wäre ein Besen, und er hätte sie mehr als satt. Sie hat ihm auch schon mal befohlen, auf die Amseln im Vorgarten zu schießen.

Weil sie Hochparterre wohnt, kann ich abends gut bis an ihr Fenster klettern und den Totenkopf ranhalten. Aber Hänschen Lachs fand, das wirkte nicht genug, und man müsste ihr den Totenkopf ins Zimmer werfen. Ich glaube auch, dass das besser ist, aber Ottchen Weber sagt, dann wäre der Totenkopf nachher fort. Der Totenkopf ist nämlich von Ottchen Weber, weil sein Vater Arzt ist. Der hat den Totenkopf als Student auf seinem Schreibtisch gehabt, und dann wollte er ihn nicht mehr und hat ihn mit anderen Sachen zusammen in eine Kiste gepackt und auf den Speicher getragen. Von da hat ihn Ottchen Weber wieder fortgeholt und für den Hordenschatz gestiftet, wofür wir ihn zum Sekretär befördert haben. Vorher war er ein einfacher Fetisch. Es ist ein wunderbarer großer Totenkopf, und wir werden bestimmt alles versuchen, um ihn wiederzukriegen.

Wir haben geübt, wer am besten werfen kann, und obwohl ich ein Mädchen bin, kann ich es am besten, und nun werde ich mit dem Kopf werfen.

Alles ist dunkel und ganz still. Die Häuser und Vorgärten schwimmen geheimnisvoll ohne Farbe. Wir drei Höchsten haben uns in Meisers Vorgarten versteckt. Die Götzen und Fetische stehn überall Posten. Das Ganze ist furchtbar gefährlich, denn über Meisers wohnen meine Eltern, und nebenan wohnt der Herr Doktor Weber.

Im Wohnzimmer von der Meiser ist Licht, und sie sitzt ganz allein drinnen auf dem Sofa. Zuerst wirft Ottchen Weber einen schwächeren Höhlenstein gegen das Fenster – auf sehr kunstvolle Art, damit das Fenster nicht kaputtgeht, denn mit so was wollen wir keinen Ärger mehr haben – dann wirft Hänschen Lachs, dann wieder Ottchen –, dann flüstert Hänschen: »Äußerste Achtung!« Die Meiser ist vom Sofa runtergerollt und reißt das Fenster auf und kreischt: »Wirft da jemand?« Im gleichen Augenblick lasse ich den Totenkopf haarscharf an ihrem Gesicht vorbei ins Zimmer fliegen. Da wippt die giftige Kugel zurück und saust ins Zimmer, wir ducken uns ganz fest an die Mauer und machen die Augen fest zu, dass niemand uns sieht – und hören die giftige Kugel ganz furchtbar schreien – und laufen fort.

Dann sind wir gleich nach Haus gegangen und haben Schularbeiten gemacht, und meine Mutter hat zu meinem Vater gesagt, ich würde doch noch ein artiges, sanftes Kind. Da meinte mein Vater, er traute meiner sanften, artigen Art ganz und gar nicht, denn er hätte sauer erworbene Menschenkenntnis. Aber da hat meine Mutter sofort gesagt, das wäre doch gar nichts gegen den vollkommen sicheren Fraueninstinkt als Mutter.

Alles ist sehr scheußlich geworden. Der Doktor Weber hat seinen Kopf sofort erkannt. Daran sieht man doch wieder, dass die Erwachsenen immer lügen, denn sie sagen doch, im Tode wären sich alle Menschen gleich.

Am Abend nach dem Werfen ist der Herr Meiser zu meinen Eltern gekommen: seine Frau schickte ihn, die hätte einen Nervenzusammenbruch, weil man mit einem Totenkopf nach ihr geworfen hätte. Und sie hätte auch schon bei der Polizei antelefoniert. Wir mussten uns alle bei Meisers versammeln, Ottchen Weber hatte schon im Bett gelegen. Wir drei Höchsten waren da und unsere Eltern und ein Schutzmann. Auf dem Sofa saß die Frau Meiser ganz dick und rund in einem kaffrigen Morgenrock und neben ihr das widerliche fette Trautchen mit den aufgedrehten Locken, das wir die Made nennen, weil es so weiß und quabbelig ist. Und die Made guckte mit gemeinen glänzenden Augen und rief immer ganz dünn: »Oh pfui, oh pfui.«

Natürlich haben alle furchtbar auf uns eingeredet, wir haben immer mannhaft geschwiegen und manchmal mit den Schultern gezuckt. Aber als ich merkte, dass ich das steinerne Auge des Fo nicht bei mir hatte, wusste ich gleich, dass nicht alles gut gehen würde. Die Meiser hat geschrien, der Totenkopf rührte von einem Mord her, den wir begangen hätten –, der Schutzmann hat aber ganz mitleidig geseufzt: »Leven Jott noch«, und er hätte noch anderes zu tun und ginge jetzt.

Aber ich wurde wütend, weil wir keinen Mord begangen haben, und weil das Trautchen immer so gemein und gierig guckte und Frau Meiser es streichelte und sagte: »Welche Erschütterung für das zarte, süße Kind.« Da habe ich einfach gesagt: keiner von uns hätte mit dem Kopf geworfen, aber ich wüsste genau, dass die Gebeine von Ahnen manchmal ganz von selbst angeflogen kämen, wenn einer gemein und sündig wäre –, den wollten sie dann zur Einsicht mahnen. Da hat der Herr Meiser in seiner Ecke mit dem Kopf genickt und gesagt: er hielde dat für üwweraus möglich.

Aber mein Vater hat ganz runde Augen bekommen und ruhig und ernst gesprochen: nun wäre es aber genug. Er hat mich fortgeführt an der Hand und verhauen. Und er würde mich lehren, die Gebeine von Ahnen von selbst fliegen zu lassen.

Als ich heut Morgen zur Schule ging, bin ich dem Herrn Meiser begegnet, und er hat mir eine Mark geschenkt, über die ich nicht sprechen darf. Seine Frau war ganz klein geworden. Und ich sollte für die ganze Gesellschaft Kuchen kaufen.

Hänschen Lachs hat auch schon einen Plan, wie wir den Totenkopf wiederkriegen, und wie wir an Trautchen Meiser, an der Made, Vergeltung üben können. Für die Mark wollen wir ein Angelgerät kaufen, dann können wir abends im Grüngürtelweiher Hechte angeln.

DAS GÖTTLICHE WERKZEUG

Es ist furchtbar, wie ich leiden muss, weil ich ein göttliches Werkzeug war. Ich muss immer an Johannes den Täufer denken, der als göttliches Werkzeug in der Wüste Heuschrecken gegessen hat, und das ist vielleicht noch furchtbarer gewesen als alles, was ich jetzt durchmache.

Schuld an allem ist das Trautchen Meiser. Das ist nämlich kein Kind, sondern eine Verbrechernatur. Hänschen Lachs sagt das auch.

Jeden Abend habe ich zum lieben Gott gebetet, dass er dem Trautchen was antun soll, weil ich so was doch nicht darf. Denn »Die Rache ist mein«, spricht der Herr. Aber dann dachte ich, dass der Herr mich vielleicht zu seinem Werkzeug ausersehen hat, weil überhaupt keine Rache am Trautchen erfolgte, und es war schon drei Tage her, seit sie mich wegen der Abziehbildchen verklatscht hatte und mein Vater die Tapeten bezahlen musste, obwohl er es doch auch nicht so dick hat.

Trautchen Meiser geht mit mir in dieselbe Klasse, und wir haben auch in demselben Haus gewohnt. Der Vater vom Trautchen war unser Hauswirt. Er ist dick und nett, ich frage mich oft, wie dieser Mann an so ein Kind kommt. Das Trautchen ist auch dick, aber gar nicht nett, sondern fett und quabbelig und hinterlistig. Hänschen Lachs, der die Horde der rasenden Banditen gegründet hat, wovon ich Mitglied bin, nennt es »die Made«. Meine Mutter hat vom Herrn Meiser gesagt: »Er hebt wohl gerne mal einen«, aber ich habe aufgepasst und noch nie gesehen, dass der Herr Meiser was gehoben hat. Jetzt haben wir Krach mit ihm wegen der Tapeten, und weil ich das Trautchen verpfuscht habe.

Zuerst kam eigentlich alles von der Mark, die ich gefunden habe, und vom Geradehalter. Als wir nämlich im Sommer in Andernach am Rhein waren, habe ich auch immerzu was gefunden. Einmal einen echten männlichen Trauring und dann einen komischen zugespitzten Stein. Mein Vater hat laut gerufen: »Ein Petrefakt, entschieden ein Petrefakt.« Er hat es dem Amtsrichter aus unserer Sommerpension gezeigt, der mittags seiner Frau immer den Pudding fortisst, und dann wollte er es einem Museum übergeben. Aber der Hausbursche hat festgestellt, dass es sich um einen Stein zum Schleifen von Sensen handelte, ohne besonderen Namen und altertümlichen Wert.

Den Trauring hat mein Vater auf ein Fundbüro gebracht –, meine Mutter sagt immer, mein Vater wäre so eine überaus ehrenhafte Natur, und sie findet ihn manchmal fast etwas übertrieben. Auf dem Weg nach Brohl habe ich dann noch ein silbernes Täschchen gefunden, kurz bevor wir abreisten. Ich habe es gefunden, weil ich nach besonders interessanten schillrigen

Giftpilzen suchte, wovon ich mir zu Hause im Garten eine Plantage anlegen wollte, aber meine Mutter sagte: ich fände immer was, weil ich so gebückt ginge, und nun müsste ich einen Geradehalter bekommen.

Ich habe mich mit dem Herrn Kleinerz von nebenan besprochen, der sagte: ich hätte Anspruch auf Finderlohn. Ich habe aber keinen Finderlohn gekriegt, weil mein Vater darauf verzichtet hat. Tante Millie hat sofort zu meiner Mutter gesagt: so was wäre nun doch unangebrachter Stolz von dem Mann, bei aller Hochachtung könnte sie es nicht anders ausdrücken.

Mir ist das egal mit dem Finderlohn, denn ich hätte ihn ja doch nicht in die Hand bekommen, sondern sie hätten das Geld für mich in eine Sparkasse getan, an die ich nicht rankann und aus der sich nichts rauspolken lässt. Sie schütteln sie höchstens mal an meinem Ohr, damit ich höre, wie schön sich das anhört und wie viel schon drin ist. So was soll mich dann anspornen, ein edles Kind mit guten Zeugnissen zu werden. Und ich soll dadurch den Wert des Geldes schätzen lernen. So eine Sparbüchse kann mich aber gar nicht anspornen und edel machen. Was soll ich denn mit Geld, wenn ich mir noch nicht mal Seidenkissenbonbons dafür kaufen kann und einen Federhalter, in dem es schneit, wenn man ihn richtig behandelt und vors Auge hält. Und dann möcht ich so wahnsinnig gern mal furchtbar viel Geld haben und damit zum »Zauberkönig« in die Hohe Straße gehen. Das ist der schönste Laden auf der ganzen Welt, ich bin schon oft nach der Schule heimlich hingelaufen. Da gibt es Luftschlangen und gefährliche Masken und Knallbonbons und naturgetreue Pfannkuchen mit Konfettifüllung und ganz natürliche Pralinen aus Seife mit Füllung aus Essig, die man jederzeit anbieten kann. Und künstliche Tintenkleckse und den »idealen Fenstersturz«, das sind einfache Eisenplättchen, die man auf den Boden pladdern lassen kann, so dass alle Menschen denken, ihre sämtlichen Fensterscheiben wären kaputtgegangen. Ach, es gibt noch tausendmal mehr beim »Zauberkönig« und noch viel Geheimnisvolleres.

Die Seifen-Pralinen würde ich gern mal in die Pralinenschale mengen, wenn meine Mutter ihren Kränzchen-Kaffee hat. Der ist ja immer so furchtbar langweilig, und ich weiß auch nie, warum ich nun immer all den Damen »Guten Tag« sagen muss. Sie rauschen und lachen und reden immerzu durcheinander, das ganze Zimmer schwirrt um mich herum, wenn ich rein muss. Ich weiß gar nicht, was ich eigentlich soll, kaum kann ich noch sehen, wie viel Kuchen sie übrig gelassen haben, weil ich ja davon später vielleicht was kriege. »Bist du aber groß geworden«, sagen sie, und »Gehst du gern zur Schule?«, und »Was habt ihr denn heute gehabt?« Und dazwischen reden sie von Ohrensausen und einem Naturarzt und schmelzenden Vermögen und erstklassiger Mayonnaise und einer verwelkten Kordula, und ein akademischer Vetter hat sich fortgeworfen – ich kann nicht alles verstehen. Ich überlege, wie ich ein paar kleine Stinkbomben vom »Zauberkönig« unter meinen Füßen mal eben ganz schnell zertreten würde, und was für Stimmen sie dann bekämen und was für Gesichter, und was überhaupt passieren würde. Vielleicht würde alles so schön und interessant wie ein Regenbogen. Ich bin immer glücklich, wenn es mal einen Regenbogen am Himmel gibt. Ich kann gar nicht verstehen, wie sowas Schönes vom lieben Gott hergestellt wird. Ich habe auch schon mal einen doppelten Regenbogen gesehen.

Wenn ich bei den Kränzchendamen sein muss, dann ist meine Mutter auch immer fremd und spricht und lacht zu mir mit ganz fremder Stimme und zupft an mir rum, und ich traue ihr nicht. Ich geniere mich auch gar nicht so vor den Damen, ich geniere mich am meisten, weil meine Mutter so anders ist und mich so verändert ansieht.

Ich wünschte, ich könnte mir beim »Zauberkönig« einen echten Zauberkasten kaufen, mit dem ich Vorstellungen geben könnte und alle verwandeln. Sie geben mir aber kein Geld, sie kaufen mir lieber etwas Unangenehmes.

Jetzt haben sie mir einen Geradehalter gekauft. Jeden Morgen muss ich ihn anziehen, und dann geh ich gleich in den Torweg von der Wirtschaft Pellenz und ziehe ihn wieder aus. Nach der Schule ziehe ich ihn wieder an, und wenn ich spielen geh, heimlich wieder aus und dann wieder an. Ich bin ganz unglücklich mit dem Geradehalter, ich habe so viel Arbeit damit, und wenn ich ihn anhabe, kann ich nicht klettern und mich nicht bewegen, und die Riemen scheuern meine Schultern ganz rot. Meine Mutter hat dann Samt unter die Riemen genäht, da hat der widerliche Geradehalter erst recht gedrückt. Aber als ich ihn morgens wieder heimlich ausziehen wollte und sah da den Samt von meiner Mutter, da kam ich mir etwas gemein vor, und drei Tage lang habe ich den Geradehalter immerzu getragen und mochte nicht essen und spielen und gar nichts. Dann konnte ich nicht mehr. Jetzt ziehe ich ihn wieder immerzu aus und an. Ich habe den lieben Gott gebeten, dass er nachts einen Einbrecher in mein Zimmer kommen lässt, der den Geradehalter stiehlt.

Als ich vorige Woche mittags vor der Schule die Mark fand, da wollte ich sie zuerst gleich abgeben. Aber dann wäre nachher rausgekommen, dass ich wieder was gefunden habe, und dann hätten sie mir vielleicht noch mehr Geradehalter gekauft.

Erst wollte ich die Mark einfach wieder auf die Straße werfen, aber da kam gerade die Elli Puckbaum, mit der bin ich Hefte kaufen gegangen in Bosselmanns Lädchen. Dieser Bosselmann hat wunderbare Sachen: Hauchbilder in allen Farben mit dem Abendmahlskelch drauf und Rosenkränze und Stoffmäuse und Abziehbildchen. Den Abziehbildchen sieht man zuerst gar nichts an, und dann macht man sie nass, backt sie an Papier, zieht ab – und hat eine unerhörte Pracht. Schneewittchen und Zwerge und Menschenfresser und Engel und Hexen und Tiere. Es ist wie ein Wunder. Ganze Packen von Abziehbildchen hatte der Bosselmann. Ich dachte, wenn die Elli Hefte kauft, gibt er ihr vielleicht so'n Bildchen zu und mir auch eins.

Ich weiß auch genau, wie Erwachsene sprechen, wenn sie kaufmännisch sind, und sagte darum: »Na, was macht's Geschäft, Herr Bosselmann?« Und da antwortete er wie ein Erwachsener: »Schlecht, schlecht« und wiegte fachmännisch seinen Kopf auf und ab. Und darauf musste ich wieder sagen, so wie mein Vater das manchmal bei Reisenden tut: »Na, dann geben Sie mal was her, Herr Bosselmann, da wollen wir mal nicht so sein. » Und dann habe ich für fünfzig Pfennig Abziehbildchen gekauft. So viele waren das, so viele –, ich konnt nicht mehr atmen, ich war so aufgeregt. Ich habe mich mit der Elli an eine Selterwasserbude gestellt und ein Glas Waldmeister für sie ausgegeben. Mein Vater und der Herr Kleinerz stellen sich auch immer mal in Kölschen Bräus an die Theke, wenn sie Aufregungen hatten, aber meine Mutter sieht das nicht gern.

Dann bin ich ganz schnell nach Haus gelaufen, weil wir nämlich gerade Umzug hatten. Wir sind in das Haus nebenan gezogen, um uns zu vergrößern. Unsere Tante Millie wird ja von Tag zu Tag dicker.

Als ich nun an dem Mittag nach Haus kam, war der ganze Umzug schon vorbei. Ein armes Kind muss ja in die Schule, wenn mal was wirklich Interessantes passiert. Ich hab dann mal beim Trautchen geschellt, und wir sind raufgegangen in die ganz leere Wohnung, und da habe ich dem Trautchen die Abziehbildchen gezeigt, weil ich sie irgendjemand zeigen musste, und ein anderes Kind konnte ich gerade nicht finden. Hänschen Lachs hat gesagt, er mache sich nichts mehr aus Abziehbildchen, er hätte jetzt eine Steinsammlung. Ich lege mir auch nächstens eine an.

Unsere leere Wohnung war verändert und traurig. Zuerst habe ich beinahe gedacht, mein Zimmer wäre der Salon. Aber dann habe ich den richtigen Salon gefunden, wo ich immer nur zu Weihnachten spielen durfte, und das sieht man heute noch. Weil ich nämlich am Heiligabend mit den Rollschuhen da geübt habe, und das Zimmer hat Parkett.

Ich habe mich in eine Ecke auf einen Haufen Holzwolle gesetzt und an Weihnachten denken müssen. Immer haben meine Eltern zu Heiligabend am Baum gestanden, und es hat geknistert und geflackert im Baum. Bei Webers war sogar mal ein richtiger Brand mit Feuerwehr und allem. Ich hab von meinem Bunten Teller essen dürfen, so viel, wie ich wollte. Mandarinen sind auch dabei gewesen. Und es hat nach Tannenzweigen und neuen Spielsachen gerochen und nach Eau de Cologne und Cognac, weil meine Eltern sagten: »Nun wollen wir mal die Flaschen anbrechen.« Denn meine Mutter schenkt meinem Vater immer Cognac und mein Vater meiner Mutter haufenweise Eau de Cologne. Aber die Eau de Cologne trinkt man nicht, die verschwendet man nur. Ich durfte bis neun Uhr aufbleiben, und wir haben Punsch gemacht und mussten uns alle lieben. Wenn ich in den Himmel komme, dann ist immerzu Weihnachten, und ich will artig werden, damit ich zu guter Letzt nicht etwa ins Fegefeuer muss. Darum habe ich auch Tante Millie zu Weihnachten geküsst, das tue ich sonst nie.

Vorm lieben Gott habe ich eigentlich keine Angst, ich spreche immer sehr gern mit ihm. Ich kann nicht leiden, wenn Fräulein Sevenich uns in der Religionsstunde erzählt: »Das Auge Gottes sieht euch überall«, und wir haben auch ein Bild in der Aula, darauf ist zwischen lauter Wolken ein einzelnes Gottesauge gemalt. Es ist so schrecklich, wenn ich denken muss, dass so ein einzelnes Auge mir überall nachläuft, ich kenne auch ein Brillengeschäft, in dem große einzelne Augen ausgestellt sind – nur die Augen, ohne andere Körperteile dran. Da mag ich gar nicht hinsehen. Und ich will keine einzelnen Teile vom lieben Gott, ich will ihn immer vollständig.

Ich habe dem Trautchen befohlen, dass es mit mir die Holzwolle sammelt, denn so was kann ich immer gebrauchen, und ich hab bald geweint, weil in dem ganz leeren Zimmer hier mal Weihnachten war. Aber dann hab ich auf einmal gesehen, dass die Tapeten aus hellem Gold waren, und wo die Bilder gehangen hatten, da war unsere Tapete dunkler. Da habe ich gedacht: jetzt mache ich neue Bilder, denn mit den Abziehbildchen kann ich doch zaubern. Und wir hätten auch niemals so viel schönes glattes Papier gehabt, um die Abziehbildchen in vollständigen Serien darauf abzuziehen. Ich habe Trautchen Meiser befohlen, einen nassen Schwamm zu holen, und dann habe ich drei Stunden lang angestrengt gearbeitet. Alle Wände waren voll von den herrlichsten Serien. Wir haben eine Leiter gefunden, und Trautchen hat sie gehalten. Da habe ich Abziehbildchen auch an die Decke gezaubert. Ich hatte noch nie so was Schönes gesehen, und Trautchen fand auch alles wunderbar. Ich hatte nur so ein komisches Gefühl, dass Erwachsene die ganze Schönheit vielleicht nicht so verstehen und habe darum dem Trautchen einen Schwur abgenommen, lieber nichts zu verraten.

Zuerst hat das Trautchen geschworen, und dann ist es sofort zu seiner Mutter gerannt und hat gesagt, ich hätte alle Wände beschmiert.

Es kam ein ziemlicher Krach, und weil ich gern etwas sühnen wollte, habe ich am nächsten Morgen gleich die letzten fünf Pfennig von der Mark unserer Klassenlehrerin gebracht. Die hat ihre Hand auf meinen Kopf gepresst und laut gesprochen: »Ehrlich währt am längsten – bleibe so, liebes Kind – es freut mich, wenigstens eine gute Eigenschaft an dir zu sehen.« Ich war in Versuchung, ihr alles zu sagen, aber dann habe ich es doch nicht getan. Der liebe Gott versteht alles, und man darf ihm alles sagen. Aber den Menschen soll man noch längst nicht alles sagen, weil man ihnen ja doch nie richtig erklären kann, warum man was getan hat, das sie böse finden. Ich bin sehr froh, wenn der liebe Gott in mein Herz sieht, Menschen können das nicht.

Es hat auch keiner verstanden, dass ich am Trautchen eine Rache vollziehen musste, und dass das eigentlich ganz von selbst gekommen ist und ich kaum was dafür konnte.

Also, der größte Stolz von der Frau Meiser waren immer dem Trautchen seine blonden Haare. Die werden jeden Abend zehn Minuten lang gestriegelt und zu Locken aufgedreht, und dem Trautchen sein Kopf sieht dann am Tage aus wie ein riesiger Staubwedel. Sogar Tante Millie hat mal gesagt, dieser Frau Meiser fehle jegliches Gefühl für vornehme Schlichtheit.

Ich hätte dem Trautchen ja die Haare abschneiden können, aber so ein Gedanke ist mir bestimmt nie gekommen, und der andere Gedanke war gar kein Gedanke, alles kam ganz von selbst, ich war ein Werkzeug.

Abends kurz vor sieben sollte ich schnell beim Bollwege für meine Mutter noch eine Tüte Waschblau holen gehen, weil wir am nächsten Tag Wäsche hatten.

Als ich vollkommen artig und still mit der Tüte zurückkomme, spielt doch wahrhaftig das Trautchen Meiser mit dem Minchen Lenz ausgerechnet vor unserem neuen Haus Hüpfekästchen. Ich bin ganz ruhig an diesen Kindern vorbeigegangen und habe nur mal eben mit meinem Fuß die Kreidestriche etwas verwischt und das Trautchen ein bisschen an seinem Wollkopf gezerrt. Sonst nichts. Fing da doch das Trautchen sofort an zu kreischen und zu brüllen und wollte fortlaufen –, ich konnte es gerade noch an seiner Schürze festhalten, und etwas kam über mich, dass ich ihm die ganze Tüte mit dem teuren Waschblau auf den Kopf schüttete. Weiter habe ich überhaupt nichts getan und habe das Trautchen auch ruhig zu einer Wasserleitung laufen lassen. Dann habe ich für das Wechselgeld noch mal Waschblau vom Bollwege geholt und zu meiner Mutter gesagt, die Preise für Waschblau wären aufgeschlagen.

Zu Hause saßen wir alle gerade so recht gemütlich beim Abendessen, als die Frau Meiser plötzlich frech ins Zimmer gestürzt kam und heulte und zitterte wie ein Pudding, wenn mein Vater mal mit der Faust auf den Tisch haut. Und die Meiser zerrte das Trautchen hinter sich her. Das habe ich zuerst überhaupt nicht erkannt, denn durch die Wasserleitung war das Trautchen vollkommen blau geworden. Haare blau, Gesicht blau, Kleid blau. Vollkommen blau. Es war wunderbar, und ich werde mich auch noch mal so blau färben, und nie hätte ich gedacht, dass ein Trautchen so herrlich aussehen könnte. Statt das nun einzusehen und sich zu freuen, schrie die Frau Meiser, ich hätte ihr Kind ruiniert, und sie verlangte Schadenersatz. Da packte mich eine Wut, weil mir von dieser Familie Meiser Qualen über Qualen kommen. Meine Mutter und Tante Millie stöhnten wie bei einer Blinddarmentzündung, und mein Vater sah mich mit einem Hass an, den ein Vater wirklich nicht für sein eigenes Kind haben sollte. Ich dachte, dass mein Vater ja schon die Tapeten bezahlen musste, und als die Frau Meiser weiter von Schadenersatz schrie und dass so ein Verbrechen nicht mehr gutzumachen wäre, habe ich einfach ganz fein und ruhig gesagt: ein Kind wie das Trautchen könnte ich allemal noch bezahlen, in meiner Sparbüchse wäre wohl allmählich genug Geld, um drei von solchen Kindern zu kaufen. Dann kam ein Krach, der war so furchtbar, dass ich nicht mehr dran denken mag.

Spätabends kam noch der Herr Kleinerz, und ich habe von meinem Zimmer aus gehört, wie er gelacht hat und zu meinem Vater gesprochen: man hätte ihn auch schon mehr als einmal blau gemacht, er könnte das nicht so schlimm finden.

Aber die anderen Erwachsenen haben alle kein Erbarmen mit mir. Ich kriege keinen Nachtisch mehr, und meine Rollschuhe sind beschlagnahmt worden. Die Frau Meiser hat gemacht, dass die Kinder aus der Straße nicht mehr mit mir verkehren dürfen, und zu

Hause sagen sie, ich würde Schande über Schande auf die Familie häufen. Ich darf auch nicht mehr auf der Straße spielen. Jeden Nachmittag gehen meine Mutter und die Tante Millie mit mir eine Stunde im Stadtwald spazieren und halten mich fest an der Hand. Und sie haben gesagt, wenn ich mich losreißen würde, käme ich in ein Heim für schwer erziehbare Kinder oder ins Kloster zum guten Hirten. Falls die mich da überhaupt aufnehmen, würden sie auch mit mir fertig, darauf könnte ich mich verlassen. Ich muss immerzu weinen und möchte tot sein, denn was habe ich jetzt noch von meinem Leben? Den Geradehalter muss ich immerzu tragen, und ich muss sogar einen Hut aufsetzen.

Manchmal denke ich, dass es meiner Mutter und der Tante Millie vielleicht doch bald langweilig wird, mich immer so festzuhalten, weil sie sich doch auf diese Weise nichts erzählen können, das ein Kind nicht hören darf. »Er soll sie ja sogar schlagen«, haben sie geflüstert, aber das nützt ihnen nichts. Ich verstehe genau alles, und ich weiß auch, dass sie die Lebrechts-Leute von gegenüber meinen. Der Lebrecht geht immer in die Wirtschaft und trinkt Wacholder, und hinterher schmeißt er die Stühle kaputt, weil ihm die Wohnung zu eng ist und weil die Frau seine Kaninchen schlachten will und aufessen, und er will die Kaninchen streicheln und behalten. Und die Frau hat auch nicht auf die Hühner geachtet, eins hat eine Stopfnadel aufgefressen und ist daran gestorben. Es ist ganz falsch, dass sie mich zu Hause auf einen Stuhl setzen und mir stundenlang zeigen, wie ich Strümpfe stopfen muss. Schließlich gehen nur Hühner daran zugrunde, wenn wir mal später welche haben wollen. Ich weiß viel besser Bescheid über die Lebrechts als meine Mutter und Tante Millie, aber es fällt mir nicht ein, ihnen etwas zu erzählen.

Tante Millie hat jetzt schon gesagt: »Das Kind welkt uns schließlich noch unter den Händen dahin.«

Wenn ich wieder frei rumlaufen darf, weiß ich etwas Herrliches, das ich tun werde. Dann beklebe ich meinen Geradehalter mit Goldpapier und trage ihn über dem Kleid als Ritterrüstung. Und dann spiele ich mit Hänschen Lachs und Ottchen Weber und Ziskorns Mathias die Legende vom Heiligen Sankt Georg. Der Heilige Sankt Georg bin ich.

WIR HABEN EIN NEUES KIND

Ich möchte sterben. Wir haben ein neues Kind bekommen. Sie wollen mir erzählen, es käme vom Storch. Aber das glaube ich natürlich nicht, obwohl ich mir sage: irgendwo muss so ein Kind ja her sein. Vielleicht wissen die Erwachsenen es selbst nicht genau.

Alles ist dunkel und kalt. Wir haben einen heißen Sommer, aber ich habe einen hässlichen Winter ohne Schnee. Keiner liebt mich, und keiner verbietet mir was –, ich darf alles tun, was ich will.

Meine Mutter ist krank. Sie hat auch schon mal Influenza gehabt, da war ich noch kleiner und habe neben ihrem Bett gesessen und ihr alle Bilder aus meinem Bilderbuch vorgelesen und Geschichten erzählt von der Bernsteinfee und den Pferden, die treppauf und treppab liefen und im Richmodishaus aus dem Fenster guckten. Ich durfte meine Mutter lieben, und sie hat mich auch geliebt. Wenn sie im Bett liegt und hat so ein langes Nachthemd an mit weißen Spitzen, dann ist mir meine Mutter ein Christkind.

Aber jetzt hat sie ein neues Kind und küsst es immerzu, und ich darf ihr nichts vorlesen. Tante Millie sagt, ich dürfte nicht, weil meine Mutter zu krank und zu schwach wäre. Aber ich weiß genau, dass sie mich forthaben wollen, weil sie jetzt ein neues Kind haben.

Sie haben ja immer gesagt, sie wollten ein artigeres Kind als mich. Ach, wenn ich doch immer artig gewesen wäre. Aber ich habe doch nie gedacht, dass so eine furchtbare Strafe über mich kommen würde.

Ich bin so traurig, dass ich wie tot bin. Ich bin zum Friedhof gelaufen, und jetzt ist schon später Abend mit Ruhe und Angst und einer Luft wie Schleier aus warmen Nebeln.

Ich wollte unser Grab von meiner Großmutter suchen, denn meine Großmutter hat mich lieb gehabt, als sie gestorben ist –, und jetzt ist sie tot und begraben und liebt mich weiter. Der Herr Kleinerz von nebenan hat nämlich gesagt: nur auf die Toten könnte man sich verlassen.

Ich habe keine Angst auf dem Friedhof, gar keine Angst, nur ein bisschen. Alle Menschen hier sind tot und haben die letzte Ölung bekommen und sind gut und entsühnt. Richtig böse Menschen müssen ewig leben und werden nicht begraben.

Das Grab von meiner Großmutter konnte ich gar nicht finden, darum setzte ich mich einfach neben ein anderes Grab mit einem Stein, so hoch und streng wie der Herr Schulrat, der früher schon mal gekommen ist und morgen wieder in unsere Schule kommt, damit alle Angst haben, sogar die Lehrerinnen Gott sei Dank auch.

Ich will nicht weinen. Die Erwachsenen lachen, wenn ich weine. Und wenn ich lache, ist es ihnen auch nicht recht, weil ich dann was getan habe, das ihnen nicht passt. Ich soll nämlich den Ernst des Lebens begreifen lernen. Was ist das?

Jetzt bin ich bei allen Toten. Tote lachen nicht mehr, die klappern mit den Gebeinen, das ist die Art von Toten zu lachen.

Das fremde Grab ist weiß und hat eingegrabene goldene Buchstaben. Mein Kopf ist zu traurig, um sich hochzuheben. Aber meine Finger haben Augen, mit meinen Fingern kann ich die eingegrabenen goldenen Buchstaben ganz langsam lesen. Und so leben Blinde.

»Hier ruht in Frieden …« Aus ihrem alten Tanzkleid von starrer weißer Seide hat meine Großmutter mir kleine Flatterrosen genäht, die trage ich ihr zu Ehren als Kranz, wenn ich im Weihnachtsmärchen in der Schule als Engel mitspiele. Ich bekomme dann auch Flügel. Ich bin ja nicht so gut wie ein Engel, aber ich kann am besten Gedichte aufsagen.

Alle Toten kennen sich untereinander, und wenn Lebende ihnen was erzählen, bestellen sie es weiter, wenn man will.

Um mich ist ein aufgeregter Wind, und auseinandergerissene Wolken sind über meinem Kopf, und große Blätterbäume bauen sich über mir auf. Neben mir sind weiße Nelken, die kann ich anfassen, ich habe keine Angst –, sie blühen wie auf unserem Balkon. Meine Mutter begießt sie jeden Morgen, heute hat sie es nicht getan, weil sie im Krankenhaus ist. Am meisten lieben wir Stiefmütterchen mit niedlichen Samtgesichtern wie kleine Japanerkinder und Pekinesenhündchen.

Mein Vater hat gerufen: »Gott sei Dank, endlich ein Junge.« Ich wollte wissen, wie das alles so plötzlich gekommen ist. Tante Millie will auch immer alles wissen –, und wenn sie sagt: sie gehörte doch immerhin zur Familie, dann tue ich das doch schließlich auch. Aber jetzt soll ich nicht mehr dazugehören.

Als der Stammtisch von meinem Vater angerufen hat, hat mein Vater laut ins Telefon geatmet: »Ja, ein Junge, jawohl, ein Junge« – so mit ganz heißer Stimme. Ich dachte, das Telefon würde angezündet sein von der Stimme und brennen. Und er hat gesagt, er hätte sich ja schon immer ein Jungen gewünscht. Warum haben sie denn nur mich erst angeschafft, wenn sie lieber einen Jungen haben, und ich bin ein Mädchen? Vielleicht kaufen sie die Kinder in einem Hort, und Mädchen sind billiger, und mein Vater hat mich damals nur gekauft, weil er noch nicht genug verdiente, um einen Jungen bezahlen zu können? Es ist ja auch ein neues Büfett angeschafft worden, und das alte Büfett haben sie vollkommen lieblos einer furchtbar dicken Witwe in Horrem geschenkt, weil sie dadurch leichter einen Briefträger heiraten kann, und weil sie meiner Mutter früher bei der großen Wäsche geholfen hat.

Meine Mutter hat auch mal zur Tante Millie gesagt: letzten Endes spreche ein Mann sich nie so richtig über seine Geschäfte aus.

Ich weiß auch nicht, warum sie nun ausgerechnet einen Jungen haben wollten. Ich kenne Jungen wie Hubert Bulle, der niedlichen kleinen Schmetterlingen die Flügel ausreißt und keinen einzigen Klimmzug machen kann und vor Angst schreit und in den Stadtwaldgraben fällt, wenn ich ihn mal eben reinschubse. Ich kann mir einfach nicht vorstellen, dass so ein Junge mehr wert sein soll als ein Mädchen. Alles ist ein Geheimnis, aber ich werde bestimmt noch mal dahinter kommen.

Mädchen sind weiblich. Aus der Naturkunde weiß ich, dass Tiere immer weiblich sind, wenn sie etwas Wertvolles vollbringen. Wenn sie weiblich sind, können sie Junge kriegen und Milch geben und Eier legen. Hähne sind männlich und können nur sehr bunt aussehen und Kikeriki machen und den Hennen auf ganz gemeine Art die Federn zerhacken. Bei Tieren ist überhaupt eigentlich alles besser. Wenn ich Eier legen könnte, würden sie sich um mich reißen, ich könnte die ganze Familie ernähren, wir brauchten gar kein Geld mehr ausgeben. Vor der Schule würde ich immer schnell ein paar Eier legen und auf dem Markt verkaufen, um eigenes Geld zu haben. Schließlich wären es ja meine Eier, und ich könnte damit machen, was ich wollte. Die meisten würde ich aber doch zu Hause abgeben. Tiere haben ja auch Felle und frieren nicht und brauchen keine Kleider. Sie brauchen sich auch gar nicht in Acht nehmen –, die Felle gehen nie kaputt und brauchen nicht mühsam geflickt werden. Flecke können auch ruhig reinkommen. Für meine Mutter und mich hätte ich gern so schöne weiße Wollfelle wie die Eisbären im zoologischen Garten. Mein Vater kann ja ein dunkleres Fell haben wie ein Büffel – er trägt nicht gern was Auffallendes. Und Tante Millie könnte aus grünen Papageienfedern bestehen und sich damit aufplustern, denn sie will ja immer was Frisches und Duftiges. Die Frau Meiser bekommt so ein ganz gemeines Affenfell, dass sie sich überhaupt nie mehr traut, vom Stuhl aufzustehen.

Es gibt ja auch bessere Jungen als Hubert Bulle. Und mein Vater wollte vielleicht einen besonders guten Jungen haben, weil er von mir denkt: so ein Mädchen ist ein ungezogenes Kind und bringt nur Schande über die Familie, und immerzu muss was bezahlt werden.

Vorgestern musste nämlich für das pickelige Fräulein Löwenich aus unserer Straße ein neuer weißer Kragen bezahlt werden. Nur weil ich dem Fräulein Löwenich mit einer ganz alten Füllfederhalterspritze Tinte in den Hals gespritzt habe. Das musste ich aber tun, denn das Fräulein Löwenich kommt immer zu meiner Mutter und sagt zu ihr: »Ach, meine Beste, ich glaube, Sie erziehen das Kind nicht richtig. Wenn wir den kleinen Wildfang täglich ein paar Stunden lang in ein dunkles Zimmer sperrten, würde unser Liebling wohl bald ganz bescheiden und artig.« Erst sagt sie so was, und dann wundert sie sich, dass ich eine Wut auf sie habe. Kein Kind liebt Menschen, die es stundenlang in ein dunkles Zimmer sperren wollen. Und verhauen müsste ich werden. Und dann sagt sie: »Na, komm mal her« – und will mich mit ihrem eingekniffenen, zerbröckelten Mund küssen. Hänschen Lachs sagt, das wäre so ziemlich das Gemeinste, das ihm je vorgekommen wäre, und er weiß wirklich was vom Leben. Ich habe auch Herrn Kleinerz gefragt, als er abends mal bei uns zum Punschtrinken war, ob er sich von Fräulein Löwenich küssen lassen würde. Da hat Herr Kleinerz gesagt, diese Person ekle ihn geradezu körperlich an, und ein Schauer würde ihn überrieseln. Und zu meiner Mutter hat er gesagt: »Meine liebe gnädige Frau, einem derartig dämonisch vertrockneten Geschöpf sind Sie hilflos ausgeliefert.« Ich habe gefragt, was das wäre, da haben sie mich ins Bett geschickt. Das tun sie immer, wenn ich abends mal was wissen will. Und wenn ich morgens was frage, sagen sie, es wäre die höchste Zeit, in die Schule zu gehen. Und wenn ich mittags was frage, soll ich erst mal meine Schularbeiten machen. Nachmittags kann ich nicht fragen, weil ich da auf der Straße oder im Stadtwald mit meinen Freunden spiele, denn ein Kind muss ja auch mal ein paar freie Stunden haben. Und wenn ich dann wieder Zeit habe, was zu fragen, soll ich ins Bett. Nie bekommt so ein armes Kind eine Antwort. Nie.

Weil das Fräulein Löwenich mich quält und meine Mutter quält, bin ich nachmittags zum Goldenen Eck gegangen. Da sind lauter Buden und Luftschaukeln und Karussells. Schießbuden auch. Ich denke mir oft: so ist es im Himmel. Aber im Himmel brauche ich kein Geld –, da kann ich Karussell fahren, so viel, wie ich will, und in alle, alle Buden gehn. Jetzt, wo ich noch lebe, kann ich nirgends rein –, aber von außen ist auch alles wunderbar. Da ist eine Bude mit einem Mann, der zersägt Frauen. Hänschen Lachs wollte nicht glauben, dass er die Erlaubnis dazu hat, aber es ist bestimmt wahr. Ich habe mich mit dem Mann besprochen. Er hat einen großen blauen Anker auf dem Arm, der nie abgeht, den durfte ich ganz umsonst von Nahem sehen. Ich lasse mir später auf beiden Armen kleine Segelboote und Eichhörnchen anfertigen – wenn man Geld hat, kann man sich das leisten. Ich werde es mir zu Weihnachten wünschen. Vielleicht könnte ich auch meine Korallenkette dafür eintauschen.

Ich habe dem Mann gesagt, ich würde ihm meinen neuen Atlas geben und meinen echten silbernen Ring vom Onkel Halmdach, wenn er abends in unsere Straße käme und das Fräulein Löwenich entzweisägte.

Alles war genau ausgemacht, und dann ist der Mann nicht gekommen. Weil er nämlich ein Künstler in seinem Fach ist, das hat er mir selbst erzählt. Und der Herr Kleinerz hat mal gesagt, auf Künstler wäre kein Verlass. Da habe ich gedacht, dass ich lieber kein Künstler sein will. Wenn ich auch keine Frauen zersägen kann, wollte ich doch jedenfalls was tun. Unsere

Klassenlehrerin sagt immer, man müsse tun, was einem in den Kräften steht. Und da habe ich von einer Mauer aus Fräulein Löwenich Tinte in den Hals gespritzt. Da hat sie furchtbar geschrien, und mein Vater hat am Abend gebrüllt: »Kind, Kind, noch nicht mal jetzt kannst du artig sein – noch nicht mal jetzt kannst du Rücksicht nehmen.« Meine Mutter hat gesagt: »Aber Mann, lieber Mann, das Kind weiß ja doch nichts.« Da wussten sie also schon von dem neuen Kind, und meine Mutter wollte es mir nicht sagen.

Ach, ich möchte wunderschön sein wie eine Fee und ein Herz von Gold haben und Haare von Gold und so lang wie unsere Straße. Tausend Edelknaben müssen meine Haare aus Gold hinter mir hertragen, Tante Millie darf abends meinen Kopf nicht mehr mit stinkigem Klettenwurzelöl bereiben, und ein Königssohn muss kommen und sagen: »Diese goldenen Haare dürfen nie mehr gekämmt werden.« Dann werden sie nicht mehr vor der Schule an meinen Haaren herumreißen, sie werden mich schön finden und lieben. Oder ich werde ein wilder Seefahrer, der stolz am Mastbaum lehnt, und alle weinen bitterlich, wenn ich mich hocherhoben aus dem Hafen entferne. Ach, liebe Großmutter … Wenn Mitternacht ist, kommen die Toten aus ihren Gräbern und tanzen Reigen.

Alle Blumen will ich jetzt pflücken –, dann lassen sie mich zu meiner Mutter ins Krankenhaus. Denn der Herr Kleinerz hat zu meinem Vater gesagt, er wolle meine Mutter besuchen, da müsse er sich vorher nach den schönsten Blumen umsehen. Da hat mein Vater geantwortet: »Das ist aber wirklich nicht nötig«, und da hat der Herr Kleinerz mit ganz fester Stimme gerufen: »Aber das ist unbedingt nötig.« Ich will zu meiner Mutter.

Ich war sehr müde, und der Weg zum Krankenhaus war weit. Einmal habe ich einen Mann gefragt, wo ich runtermüsst, da hat er gesagt: »Links«. Ich habe gedacht: Nie wird so ein erwachsener Mann einem Kind die Wahrheit sagen, und bin rechts gegangen. Alle Menschen lügen und wissen nichts. Der Herr Kleinerz hat ja auch nicht gewusst, warum das neue Kind kam. Ich bin viele falsche Straßen gegangen, aber zum Schluss bin ich doch zu meiner Mutter gekommen. Sie haben mich ins Krankenhaus gelassen, weil ich lauter Blumen hatte.

»Komm her, mein kleines Mädchen«, hat meine Mutter gesagt mit einer Stimme wie ein weiches Kissen. Sie hat in einem fremden Bett gelegen, und ihr Gesicht war weiß und fröhlich wie Schnee. Am dunklen Ende vom Bett hat mein Vater gesessen. »Du entsetzliches Kind«, hat er gesagt, »was hast du nun wieder angestellt, wo hast du die Blumen her?« Da wollt ich weinen und alle Blumen auf dem Boden zertreten – ich fühle ganz genau, wie es kommt, wenn ich mich nicht mehr aushalten kann. Wolken steigen dann in mir hoch und wickeln mich ein, bis ich nichts mehr sehe und nur noch tobe. Ich konnte gar keine Antwort mehr geben. Es hat fremd gerochen im Zimmer, der Fußboden war aus kaltem Linoleum, und meine Mutter hat gerade noch rechtzeitig gesagt: »Lass mich mal mit dem Kind allein, Mann – wir Frauen wollen jetzt mal unter uns sein.« Und auf ihrem Gesicht war ein Schimmer, der hat meinen Vater glatt fortgeweht.

Ich habe meiner Mutter alles erzählt. Eine Krankenschwester musste kommen und die Blumen von meiner Großmutter in drei Vasen verteilen. Aber in der Nacht werden die Blumen vor die Tür gestellt, weil sie meiner Mutter sonst die ganze Nacht durch erzählen, was die Toten erleben, und dann kann meine Mutter nicht schlafen. Sie braucht aber Schlaf. Am Morgen werden die Blumen gleich wieder zu ihr gebracht.

Meine Mutter hat gesagt, sie würde mich immer lieben. Sie hätte auch kein besseres Kind haben wollen, aber nun wäre ein Brüderchen für mich da, zu dem sollte ich nett sein. Also meinetwegen hätten sie es nicht besorgen brauchen.

Die Glocken von Maria im Capitol haben acht geschlagen. Tante Millie kam und brachte das neue Kind. Sie haben mir versprochen, dass es bald größer wird und schöner auch. Sie behaupten, ich wäre auch mal so gewesen, aber darauf kann ich mich gar nicht mehr besinnen. Ich werde ihm zeigen, wie man Kaulquappen fängt, wenn es sprechen kann. »Hier darfst du nicht schlafen«, hat meine Mutter gesagt, und Tante

Millie musste mich nach Haus bringen. Dabei ist es eine ganz fremde Wohnung, wenn meine Mutter nicht da ist. Ich wollte lieber in dem Krankenhaus bleiben.

Zu Haus werde ich auf einmal geweckt. Und mein Vater sagt: »Bist du froh, dass du ein Brüderchen hast? Sag jetzt, was du am liebsten tun würdest, soll ich dir aus dem Tierschutzkalender vorlesen oder den Globus mit dir ansehen?« Da habe ich sofort gesagt: »Am liebsten würde ich Wasserbomben machen und damit schmeißen.« Das hat nämlich Hänschen Lachs in der Schule durch einen sehr großen, klugen Jungen gelernt, und ich hatte mir im Bett überlegt, dass ich es morgen tun wollte, wenn gerade mal keiner zu Haus ist. Mein Vater hat schwer geseufzt und wollte mir lieber aus dem Tierschutzkalender vorlesen. Ich kenn die Geschichten fast alle. Zuerst sind die Menschen darin immer schlecht und böse, und dann werden sie durch ein rührendes Tier veredelt und gebessert. Ich hätte eigentlich lieber, wenn so ein Mensch furchtbar böse bleiben würde, und dann würde ihm ein rührendes Tier den Kopf abbeißen.

Ich habe gesagt, am allerliebsten würde ich doch Wasserbomben machen. Ich war sehr aufgeregt und habe es ihm erklärt. Bei Wasserbomben faltet man Papier kunstvoll zusammen und tut Wasser rein und lässt das Ganze vom Fenster aus auf die Straße knallen. Am schönsten ist es natürlich, wenn man so eine Wasserbombe auf den Kopf von einem Menschen fallen lässt, der Kopf geht ihm nicht davon kaputt, und es tut auch nicht weh. Da hat mein Vater sehr ernst gesagt, er würde Wasserbomben mit mir machen, aber auf Menschen dürfe nicht geworfen werden, nur aufs Pflaster.

Ungeheuere Mengen von Papier haben wir gehabt und drei Eimer voll Wasser. Mein Vater hat lange geübt, dann konnte er die Wasserbomben besser machen als ich. Ich liebe meinen Vater, morgen will ich es meiner Mutter sagen. Und immerzu haben wir Bomben aufs Pflaster geknallt, es war herrlich. Ich habe meinem Vater gesagt, wir brauchten die Bomben ja nicht den Leuten auf den Kopf zu werfen, sondern nur gerade kurz bevor sie kommen aufs Pflaster, damit sie etwas staunen und nicht wissen, was sie denken sollen. Mein Vater hat gesagt, wir wollten es tun, aber das wäre dann auch das Äußerste.

Es hat nach Linden gerochen, die Luft war zum Anfassen. Unten kam das Fräulein Löwenich vorbei mit einem Herrn. Ich sag zu meinem Vater: »Pass auf!« und dann kommandiere ich: »Achtung – los – los jetzt!« Wirft mir da doch dieser Mann die Wasserbombe nicht dem Fräulein Löwenich vor die Nase, sondern glatt auf ihren grünen Hut mit der wibbeligen Feder, woran ich sie überhaupt erst erkannt hatte. Natürlich schreit sie, ich ducke mich und will den Kopf von meinem Vater mit runterziehen, er hat ja noch keine Übung. Der Herr Kleinerz hat gesagt: Wenn einer älter wird, wird er dümmer. Mein Vater hat sich versteckt, aber da hatte das Fräulein Löwenich ihn schon längst gesehen. Und dann hat mein Vater gesagt: »Diese verfluchte alte Ziege –, aber Kind, ich hatte dir doch verboten, Leuten Wasserbomben auf den Kopf zu schmeißen!« Dabei hatte ich meine Wasserbombe noch in der Hand.

Ich habe gesagt, ich wär froh, wenn Fräulein Löwenich getroffen worden wäre. Da lachte mein Vater, nachdem man ihn von unten deutlich sehen konnte, und sagte: »Na ja, mich freut's auch –, aber nun ist Schluss.« Er hat mich ins Bett getragen, ich bin eingeschlafen dabei –, er hat mich gefragt: »Liebst du den Jungen?« Ich war so müde, ich konnt kaum mehr reden – nur: mit meiner Mutter hätt ich ja schon alles besprochen, das Kind wär ja nun mal da. Vielleicht liebe ich es später, vielleicht leihe ich ihm mal meinen einen Rollschuh, wenn es laufen kann –, vorläufig kann ich ja mit so einem kleinen Kind noch nicht viel anfangen.

WIR SCHREIBEN AN DEN KAISER

Wir haben keine Zeit mehr zum Spielen, Hänschen Lachs und ich. Wir tun etwas sehr Wichtiges, die Erwachsenen werden sich noch mal wundern. Es wird uns furchtbar schwergemacht, das Wichtige gemeinsam zu tun, weil nämlich die Sache mit dem Neubau war.

Sie sagen, wir hätten den Neubau unter Wasser gesetzt –, die Schweinwaldskinder und Hänschen Lachs und Ottchen Weber und ich. Uns wäre das aber nie passiert, wenn die Erwachsenen sich nicht wieder eingemengt hätten.

Wenn die Maurer fort waren, sind wir immer zu dem Neubau gegangen, weil der viel schöner war als ein fertiges Haus. Wir durften es nicht, weil wir ja nie was Schönes dürfen. Wir haben da Feuerwehr geübt, weil wir das vielleicht später werden, denn es ist ein aufopfernder Beruf, alles muss uns ausweichen, wir rasen ganz rasend durch die Straßen und sind Helden. Vielleicht ist später mal kein Krieg mehr, und der Herr Kleinerz sagt, dann würde sich manches ändern, es wäre noch gar nicht abzusehen. Aber die Feuerwehr bleibt und behält ein hohes Ansehen und kriegt Medaillen. Und sie sagen, Feuer würde es auch ohne Krieg immer wieder geben. Feuer ist wunderbar, und Löschen ist auch sehr schön.

Die kleineren Schweinwaldskinder mussten immer unten im Neubau sitzen und wurden unter Lebensgefahr von uns gerettet. Hänschen Lachs und ich waren Hauptmänner und kletterten über die höchsten Balken und ließen uns an Seilen rauf und runter und riefen: »Vorwärts, Ihr Getreuen, vorwärts –, zuerst die greisen Frauen und die Kinder!« Schweinwalds Kätti war eine Greisin und musste in die Pferdedecke gewickelt sein, die früher eine Einquartierung mal bei uns vergessen hat. Wir konnten die Decke nicht wiedergeben, weil die Soldaten schon an der Front waren, und weil wir sonst keine Wolle mehr kriegen. Die Decke ist ein echtes militärisches Eigentum, und mein Vater darf von ihr nichts wissen, und ich darf eigentlich nicht mit ihr spielen, weil meine Mutter sie blau färben lässt und mir dann einen Mantel daraus nähen will. Aber ich brauchte die Decke zur Rettung der Greisin. Ein Sprungtuch mussten wir auch haben. Ottchen Webers Bettdecke war am größten. Ganz einfacher Kalk hat ein richtiges Loch reingefressen. Kalk ist wie Feuer, das wussten wir gar nicht.

Früher hatten wir mal zu Haus Töpfe aus Kupfer, da sind aber Kanonen draus gemacht worden, darum mussten Hänschen Lachs und ich einfache graue Emailtöpfe tragen als Helme.

Es wurde am schönsten, als Wasserhähne in unseren Neubau kamen, da konnten wir richtig löschen. Schweinwalds Alois kann kein kaltes Wasser vertragen und schrie wie bei einem richtigen Brand, es war herrlich. Und alles wär gut gegangen, wenn nicht auf einmal erwachsene Männer von draußen gebrüllt hätten: »Was tut ihr denn da –, macht mal, dass ihr da rauskommt! » Hänschen Lachs hat auf der rasenden Flucht seinen Helm verloren, meine Mutter musste Gemüse drin kochen am nächsten Tag. Und ich bin mit Schweinwalds Kätti in feuchten Lehm gefallen, wir klebten unter Todesgefahr richtig drin fest. Aber wir konnten uns alle retten, auch die Greise und Kinder.

Am nächsten Tag kamen Männer zu unseren Eltern, weil wir bekannt wären als die Pest von der Umgebung, und weil in dem Neubau hohes Wasser stand. Weil wir fliehen mussten, hatten wir natürlich die Wasserhähne aufgelassen. Ottchen Weber hatte gedacht, ich hätte sie zugemacht. Ich hatte gedacht, Hänschen Lachs hätte sie zugemacht. Hänschen Lachs hatte gedacht, Ottchen Weber hätte sie zugemacht. Die Schweinwaldskinder haben überhaupt nichts gedacht.

Es war Sonntag, wir mussten in die Kirche und wurden verhauen. Und Professor Lachs hat uns aus der Zeitung vorgelesen von einem artigen, pflichttreuen Jungen, der seinen Eltern nur Freude machte. Der Junge hat an den Kaiser geschrieben über die Pflichttreue und den Eifer. Da hat sich die Majestät gefreut und dem Jungen ein Pony geschickt. Ein richtiges lebendiges Pony, das muss man sich mal vorstellen. Professor

Lachs sagt immer, er wirke durch entsprechende Zeitungslektüre erzieherisch auf uns ein.

Am Sonntagnachmittag sind unsere Eltern dann gemeinsam und verzweifelt durch den Stadtwald nach Lindenthal Kaffee trinken gegangen, und wir Kinder durften zur Strafe nicht mit. Ich war aber nur froh darüber, denn ich hasse es, mit Erwachsenen Ausflüge machen zu müssen und spazieren zu gehen. Das ganze Leben drückt mich dann so wie tausend Geradehalter. Wenn ein anderes Kind mit ist, sagen sie: »Nun fasst euch mal schön bei der Hand und geht vor!« Also, ich habe so viele Freunde, mit denen ich spiele, aber wir fassen uns nie bei der Hand, wenn wir allein sind und in den Stadtwald oder sonst wohin laufen. Und wenn ich ohne ein anderes Kind mit meinen Eltern und Tante Millie gehen muss, dann bin ich ihnen eine Störung, und immerzu ziehen sie was an mir zurecht, und ich bin ihnen nie schön genug. Und stundenlang sitzen sie in einem langweiligen Lokal, noch nicht mal meine Limonade lassen sie mich in Ruhe trinken. Ganz kleine Schlucke soll ich nehmen aus Anstand und um den Magen nicht zu erkälten, sonst heißt es gleich, ich würde alles nur so runterstürzen. Und dann entdecken sie in einer anderen Ecke ein vollkommen fremdes Kind bei vollkommen fremden Leuten und sagen: »Nun geh doch mal zu dem kleinen Mädchen da und spiel mit ihm – sieh mal, es guckt dich schon immerzu an – nun mach dich doch mal bekannt und sei nicht so unbeholfen – also so was!« Sie gucken alle, und da soll ich zu dem fremden Kind gehen. Ich will aber nicht, sowas kann man doch nur von allein. Die Erwachsenen sprechen ja auch keine fremden Frauen im Lokal an, noch nicht mal mein Vater tut das, und der ist nicht feige.

Ich war sehr froh, dass ich an dem Sonntagnachmittag nicht mitbrauchte. Wir sollten in uns gehen und allein zu Hause bleiben. Tante Millie wollte nicht, dass ich allein bliebe, aus Angst, ich würde neuen Unfug anstiften. Es ist gemein von ihr, mir nie zu trauen.

Ich bin nämlich wirklich zuerst in mich gegangen, und dann wollte ich so furchtbar gern mal das hohe Wasser in unserem Neubau sehen, und dann haben unten die Schweinwaldskinder nach mir gepfiffen. Der ihr Vater ist ja Nachtwächter und schläft fast immer am Tag, darum passiert ihnen nie was. Ich hab aus dem Fenster gerufen: ich dürfte nicht runterkommen. Da pfiffen sie bei Hänschen Lachs und dann wieder bei mir. Und Hänschen Lachs winkte mit seiner Badehose und rief: sie gingen jetzt im Neubau schwimmen.

So richtig schwimmen konnte man eigentlich nicht im Neubau, aber baden und tauchen und Unterseeboot spielen. Wir wurden dann etwas schmutzig und konnten tagelang nicht gereinigt werden. Man hat uns auf das Strengste verboten, in der nächsten Zeit zusammen zu sein, weil wir uns gegenseitig ins Verderben trieben. Aber das ist gar nicht wahr.

Hänschen Lachs und ich schreiben jetzt nämlich dem Kaiser, um alles gut zu machen und um alles zu retten. Dazu müssen wir uns heimlich nachmittags im alten Fort treffen. Ich muss zu Haus sagen, ich würde bei Alma Kubus Aufgaben machen. Und Hänschen Lachs ist einem kindlichen Verein vom Kaplan Schlauff beigetreten, um geistliche Lieder zu singen und Erbauung zu haben. Aber er geht nicht hin.

Wir schreiben an den Kaiser erst ins Unreine. Wir sagen keinem Menschen was. Wenn wir später einen Brief vom Kaiser kriegen oder ein Telegramm, dann werden sie das in der Schule zuerst gar nicht glauben, und dann werden sie sich staunend vor uns neigen. Sie werden wissen, dass wir gut und artig sind wie der Junge mit dem Pony und noch viel besser. Und sie werden glücklich sein, weil sie uns haben.

Hänschen Lachs und ich schreiben keinen Brief gemeinsam, sondern jeder schreibt einen Brief extra. Weil es nämlich schrecklich wäre, wenn wir ein einziges Telegramm oder einen einzigen Brief für uns beide zusammen bekämen. Vielleicht ginge die Antwort sogar an Hänschen Lachs, und dann würde er sagen, sie gehörte ihm. Oder wir müssten sie in der Mitte durchreißen, und wenn der Kaiser schriebe »Dein Wilhelm«, kriegte einer Wil und einer elm, und um das h in der Mitte müssten wir losen, keiner hätte was Richtiges. Ich will was für mich allein, und Hänschen Lachs will was für sich allein, und wir wollen keinen Zank, das werden wir dem Kaiser schreiben.

Und ich schreibe dem Kaiser, dass ich mit sehr viel klugen erwachsenen Leuten gesprochen habe, und die meinten nun, Frieden wär viel schöner als Krieg, und überhaupt dauerte der Krieg jetzt lange genug und wäre eine Schweinerei, als Kaiser würde er so was sicher gern wissen, und er müsste doch immer in seinem Schloss sein und regieren, aber ich könnte ja herumlaufen und hören, was die Leute reden. Und das Beste wäre, er würde abdanken. Ich weiß nicht, was das bedeutet, aber ein Kaiser weiß alles und muss immerzu mehr lernen als alle anderen Menschen. Und ich schreibe, wir würden auch in der Schule immer ganz laut viele wunderbare Lieder von ihm singen, von seiner Herrlichkeit und um ihn zu preisen. Und es würde mir leidtun, dass er immer so eine schwere Krone tragen müsste, damit kann man sich ja gar nicht bewegen, ich mag noch nicht mal eine Matrosenmütze aufhaben. Ich schreibe ihm auch von dem Bild in unserer Aula, auf dem steht: Gold gab ich für Eisen. Da opfern Frauen ihre Trauringe und ihre langen abgeschnittenen Haare auf dem Altar des Vaterlandes. Meine Mutter will ja ihren Trauring unter allen Umständen behalten, aber ich wünschte, ich dürfte meine Haare kurz schneiden lassen, sie sind mir nur eine Last. Der Kaiser könnte sie gern von mir haben, aber es sind nicht sehr viele, und was macht er eigentlich damit? Wenn er schließlich eine große Sammlung von Haaren hat, fliegen ihm ja doch nur immer welche ins Essen. Tante Millie trägt sehr dicke haarige Einlagen in ihrer Frisur, in ihrer Frisierkommode liegen ganze Haufen – die könnte ich gut mal heimlich fortnehmen und schicken. Sie sagen ja immer in der Schule, der deutsche Erfindergeist hätte für alles Verwendung. Und ich schreibe, dass wir öfters schulfrei haben wollen, nicht nur sonntags, sondern Montag und Dienstag und vielleicht Mittwoch auch. Und wir schreiben von unserer Qual mit verschiedenen Lehrerinnen. Ich will, der Kaiser soll machen, dass Fräulein Knoll abgesetzt wird, denn ein Kaiser ist ja so gerecht und der Schutz der Schwachen auf Erden.

Ach, vielleicht wird sich meine Mutter bald freuen. Sie möchte ja auch so oft, dass der Krieg zu Ende ist, er dauert bald vier Jahre und wird immer länger. Meine Mutter weint, alle ihre Brüder sind tot und gefallen –, ich habe sie nicht gesehen, aber ich habe ihnen Pulswärmer gestrickt und Schals, so viel Maschen sind immer runtergefallen.

Wenn kein Krieg mehr ist, braucht man auch nicht mehr so lange vor der städtischen Verkaufsstelle zu stehen für fiese Marmelade, ich esse sie aber gern. Manchmal muss ich viele Stunden stehen –, die Frau Schweinwald ist vor mir schon mal ohnmächtig geworden. Ich übe zu Haus jetzt immer heimlich Ohnmächtigwerden, bald kann ich's. Man muss nur sehr aufpassen, wohin man mit dem Kopf fällt.

Früher im Frieden ist mein Vater mal mit einem Schiff, so groß wie unsere Straße und so hoch wie der Dom, nach Amerika gefahren, da konnte er immerzu essen, so viel, wie er wollte, den ganzen Tag. Abends erzählt er uns manchmal davon. Es hat Torten gegeben und kein Sacharin, richtigen Zucker. Und Bananen und Apfelsinen und Butterbrote, so groß wie das Schiff, dick mit echter Butter drauf. Und Kuchen und Honig, so viel, wie man wollte. Er hat mir ja sogar mal aus Amerika ein Paar echte Indianerschuhe mitgebracht, die heißen Mokassins, und ich war damals noch gar nicht richtig geboren. Aber diese Schuhe habe ich noch. Tragen kann ich sie nicht, sie stehen als Schmuck auf meinem Regal. Meine Mutter hat auf ihrem Büfett kleine Schuhe stehen, die hatte ich mal an, als ich ein Baby war. Sie haben diese ganz kleinen Schuhe auf eine grünliche Art versteinern lassen. Ich verstehe nicht, wie so was zugeht. Ich verstehe auch gar nicht, dass ich nicht mehr weiß, dass ich mal so klein war. Vielleicht werde ich angelogen. Jetzt trage ich Holzsandalen, damit falle ich allen Leuten im Haus auf die Nerven, und am lautesten kann ich damit klappern, wenn ich die Treppe runterlaufe, denn die ist aus hohlem Holz, und es liegt kein Läufer mehr drauf wie früher. Und ich bin dann wie eine dröhnende Trompete und indianische Kriegstrommel von Negern und höre mich furchtbar gern.

Wir hatten auch mal Honig, wirklichen Bienenhonig, da waren wir in Dimmelskirchen. Ich musste mitkommen, um tragen zu helfen, und brauchte nicht sein wie bei Ausflügen zum Vergnügen und um die Natur zu lieben.

Eine Stunde von Dimmelskirchen hat ein Bauer gewohnt, den kannte mein Vater geschäftlich. Er wollte nichts geben, weil ihm Leute aus der Stadt eine Belästigung sind, und Leute, die nichts zu essen haben, kann er nicht leiden. Aber mein Vater hatte Petroleum für ihn, und da haben wir Eier bekommen, keiner durfte sie sehen. Meine Mutter tat sie in ihre Bluse, da durfte man Mutter nicht anfassen und stoßen. Und ich musste Honigbüchsen in meiner Matrosenbluse verstecken. Schlafen durften wir nicht bei dem Bauern, und da sind wir viel gegangen –, es war ganz spät und dunkel, als wir in Dimmelskirchen ankamen. Da wollten wir schlafen, ich konnte nicht mehr gehen. Aber es gab kein Zimmer, nur ein Gasthof war da, der hatte nichts frei. Ich hätte so gern noch mal einen Stall gesehen, der nach warmen gescheckten Fellen riecht, und in dem Kühe langsam mit Ketten klirren.

Mein Vater ist von Haus zu Haus gegangen und fand kein Zimmer zum Schlafen. Kein Mond hat geschienen und keine Laterne, auf der Straße bin ich dreimal hingefallen –, aber die Honigbüchsen waren nicht kaputt, nur meine Knie. Vielleicht hätte unser Bauer uns doch in der Küche sitzen lassen, aber im Dunkeln konnten wir nicht mehr zu ihm zurück, und fortfahren konnten wir auch nicht, denn in Dimmelskirchen ist kein Bahnhof –, der ist fast eine Stunde weit fort. Den Weg kann man in schwarzer Nacht nicht finden, er geht durch einen Wald mit Wurzeln und tiefen Abhängen, da fällt man rein.

In einem Krankenhaus-Kloster durften wir dann bleiben. Aber die haben uns auch nicht gewollt zuerst. In einem großen leeren Saal haben wir auf einer Bank gesessen, ganz eng zusammen, denn es war so kalt. Eine Honigbüchse haben wir aufgegessen mit dem Taschenmesser von meinem Vater, immer reihum. Ich esse gern mit dem Messer, ich darf es nur leider sonst nicht. Meine Mutter hat gesagt, echter Bienenhonig würde wärmen und stärken.

Um fünf Uhr morgens gingen Arbeiter und Arbeiterinnen zu dem Bahnhof, um in die Fabrik zu fahren. Die mit den grünen und gelben Gesichtern und Haaren sind immer aus Munitionsfabriken, da werden sie so, und ich kenne viele.

Alle trugen Lampen, die schaukelten so klein und müde, wir gingen hinterher. Keiner hat gesprochen, vielleicht hatten alle Angst vor dem dunklen Wald und vor Räubern, die darin hausten. Eine ganz kleine alte Frau, wie ein Zwerg, stolperte immerzu mit einem Rucksack, viel größer als ihr Rücken –, mein Vater wollte ihn tragen für sie, da hat sie geknurrt wie ein Hund und ist schnell gelaufen vor Angst.

Auf dem Bahnsteig brannte eine Laterne, aber es war nicht hell. Wir warteten auf den Zug und froren, meine Augen gingen nicht richtig auf. Alle standen so krumm und traurig, die Schienen haben schwarz geglänzt. Es fing an, langsam zu regnen, das war ja alles so egal. Ein Gendarm ist gekommen, seine Knöpfe haben geleuchtet. Es regnete auf einmal noch mehr vor Angst, und er hat laut gesprochen und den Rucksack von der kleinen Frau genommen und ausgeschüttet. Da sprangen Kartoffeln über die Steine wie braune Mäuse, und dazwischen zerplatzte ein Ei, das schillerte im Licht. Die Frau war ganz klein zusammengerollt wie Kellerasseln, die Angst haben, dass man sie anfasst. Alles war starr und stumm, und einer sagte: »So ein Beamter tut ja schließlich auch nur seine Pflicht.« Und wir guckten auf alles wie im Schlaf und träumten es. Ich hasse den Gendarm und will keine Pflicht tun. Ein alter Mann neben mir zog eine wurzlige, bucklige Hand aus der Tasche und fasste mal eben nach unten in die Luft – die Kartoffeln waren zu weit –, er steckte die Hand wieder ein, und die Hand hat gezittert.

Der Zug ist gekommen, wir sind eingestiegen. Wir standen gequetscht, es war wärmer im Zug, Menschen sind gut, es hat eklig gerochen, mir wurde schlecht. Dann hab ich auf einmal gemerkt, dass ich so komisch klebte am Körper, ich fasste unter meine Matrosenbluse – da war die Honigbüchse glücklich kaputt, ich klebte in dem Gedränge fest an allen Leuten.

Ich wünschte, der Kaiser würde Frieden machen. Ich schreibe es ihm, ein Kaiser kann alles, darum ist er doch Kaiser. Fräulein Knoll hat gesagt, er wäre Gott, der auf Erden wandelte, und der Herr Kleinerz hat gesagt, furchtbar viel Geld hätte er auch. Hänschen Lachs hat gesagt, das müsste man sich mal vorstellen: lieber Gott sein und Kaiser mit Krone und furchtbar viel Geld haben. Und was ist Hermelin? Hermelin hat er auch. Ja, da müsste er doch machen können, dass auf allen Bäumen Weißbrote wachsen und der Rhein ein Fluss wird aus Marmelade und die Menschen auf einmal vier Arme bekommen, wenn ihnen ein Arm fortgeschossen wird, und dass die toten Soldaten wieder lebendig werden. Wir haben gelesen vom edlen Kriegsspiel, und wir haben auch oft Krieg gespielt mit den Schweinwaldskindern und uns als Tote zu Boden geworfen. Wir sind doch aber immer wieder aufgestanden, und wenn mein Kopf mal geblutet hat vom Spielen, dann hat mein Vater gesagt: Also, es darf ja nun nicht ausarten.

Der Herr Kleinerz hat einen fortgeschossenen Arm. Er sagt, es gebe noch viel Schlimmeres, ich kann es nicht glauben. Als er im Dreifaltigkeitskloster lag, haben wir ihn jeden Tag besucht, mein Vater und ich. Wir haben ihm grüne Mirabellen gebracht und alle unsere roten Kletterrosen und Geduldspiele und den anderen Verwundeten auch. Ich habe ihnen tausend Geschichten erzählt von den Wölfen, die Zähne haben, so groß wie Pappeln, und sie wollen Gräser und Schafe auffressen, und auf einmal werden dann die Gräser

Disteln und zerstechen ihnen den Bauch, und ein ganz großes Schaf kommt mit einer Schere und schneidet den Bauch auf, wie bei Rotkäppchen. Und ich habe auch erzählt, wie es ist, wenn ich tief ins Meer tauche und zu Koralleninseln wandre, und Haifische schwimmen neben mir und beißen mich nicht, weil ich ihnen Bernstein gebe. Und die Verwundeten haben mit mir erzählt, und wir haben zusammen erzählt, und einer hat mal ganz leise Mundharmonika gespielt und gesungen: »Schwarzbraunes Mägdelein ...« Ich bin oft ganz allein zu den Verwundeten gegangen, ohne meinen Vater. Aber ich war ja keine Kaiserin. Die Kaiserin legt einem Fiebernden gütig die milde Hand auf die Stirn, und dann sind alle Verwundeten glücklich und wollen vor Glück sterben. So was kann ich nicht.

Der Herr Kleinerz hat mir erzählt, dass es im Frieden so viel richtiges Weißbrot gibt, wie man will, man braucht nur in den Laden zu gehen. Als Kinder hätten sie immer Weißbrot in Milch getan und gegessen. Das möchte ich auch, denn man wird nicht krank davon. Unser Doktor Bohnenschmidt ist schon furchtbar alt und weiß alles, und er hat gesagt, dass die Geschwüre an meinen Beinen und Füßen vom Brot kämen. Seitdem bin ich zu bang, Brot zu essen, und meine Mutter gibt mir auch keins mehr, weil sie zu viel mit mir ausgestanden hat. Sie hungert sich alles ungefährliche Essen für mich ab. Jetzt hab ich ja nur noch Narben an den Beinen, die tun nicht mehr weh. Aber vorher wurde immer Eiter rausgedrückt – es waren richtige Löcher – und Jod reingetan. Jeden Abend. Das hat gemein wehgetan –, wenn ich morgens aufstand, hatte ich schon Angst vor dem Abend. Wenn das Jod in die Löcher kam, habe ich so geschrien, dass einmal die Polizei gekommen ist, weil die Leute von gegenüber dachten, ich würde misshandelt, das haben sie angezeigt.

Beim Mengers seinem Gasthof gräbt ein fremder Soldat das Feld um. Er ist ein Gefangener und gehört den Deutschen. Wenn keiner in der Wirtschaft ist, lässt die Frau Mengers mich manchmal mit den Billardkugeln spielen auf dem Billard. Dann denke ich, die Kugeln sind Blumen, die rolle ich über eine große, grüne Wiese. Ich darf die Kugeln nicht mit dem langen Stock schubsen, nur mit der Hand – damit ich nichts kaputt mache. Da sagte die Frau Mengers mir einmal, ich sollte dem Gefangenen Kaffee aufs Feld bringen, er wäre ja auch ein Mensch.

Erst hatte ich Angst, weil der Gefangene ein Feind war. Aber er saß nur ruhig auf einem Stein und faltete seine Hände um den Spaten, seine Augen waren müde und stumm, sein Kinn war grau, und nichts hat gelacht, alles war so traurig. Ich habe gestanden mit dem Kaffee, der Himmel war groß und blau und das Feld braun ohne Ende. Kein Vogel ist geflogen, ich war ganz allein mit dem Gefangenen. Seine Mütze lag auf der Erde, sein Haar war wie verwelktes Gras und wehte in der Luft. Er wollte nach Hause, er wollte bestimmt nach Hause. Er hat nicht gesprochen, aber er wollte bestimmt nach Hause. Er ist ja aus einem anderen Land. Andere Länder sind weit, wir hatten sie noch nicht in der Schule, aber mein Vater sagt es. Er war auch schon mal in Rumänien und hat meiner Mutter eine gestickte Bluse mitgebracht. Rumänien, wo ist denn Rumänien? Und Afrika gibt es auch, da sind Neger, schwarze Neger, und die Sonne brennt heiß. Die brauchen in keine Sommerfrische, um sich braun brennen zu lassen, die sind so von Anfang an und noch viel brauner als das Fräulein Löwenich, das extra dafür in Borkum war, damit von den Kränzchendamen gesagt wurde: »Aber Sie sind ja braun wie ein Neger!« Und manchmal legt sich meine Mutter auf den Balkon und kracht mit dem alten Liegestuhl zusammen und hat blaue Flecken am Körper und friert furchtbar und sagt weinend zu meinem Vater: »Ach Gott, Victor! Aber Märzsonne bräunt!«

Wenn ich doch sprechen könnte mit so einem fremden Gefangenen. Ich suchte nach meinen fremden Worten, ich kenne ja welche. »Simsalabim«, hab ich gesagt. »Sesam öffne dich« und »Abdullah« und »Wodka« und »Oh, là, là, Mademoiselle« und »Freistaat Liberia« und »Thurn und Taxis«, das sind Briefmarkensammlungen, und mehr wusste ich im Augenblick nicht. Der Gefangene hat mich angesehen und nicht geantwortet. Aber er hat sich freundlich bewegt und Kaffee getrunken mit einem langen Schluck und seine Mütze aufgesetzt. Und mir ein kleines Kruzifix geschenkt aus Elfenbein.

Ich wollte wieder Billard spielen, ganz traurig rollten die Kugeln. Ich sah aus dem Fenster –, ganz weit fort hat der Gefangene gegraben und nicht mehr aufgehört. Ich wünschte, er könnte nach Hause. Ich möchte nicht gefangen sein, lieber Gott, ich möchte nie gefangen sein und nicht nach Hause können.

Wenn Frieden ist, kann der Gefangene nach Hause, und unsere Soldaten können nach Hause, alle können nach Hause. Mein Soldat kann auch nach Hause. Er ist in Frankreich, ich kenne ihn nicht. Ich habe mal ein Feldpostpaket gemacht für einen einsamen Soldaten ohne Eltern. Der Herr Kaplan hat uns in der Schule Adressen gegeben von einsamen Soldaten. Er hat mir geschrieben, ich schreibe ihm jede Woche. Einmal hatten wir einen kleinen Rollschinken, wir haben ihn halb gegessen –, das andere durfte ich meinem Soldaten schicken. Er hat mir wunderbare Karten gezeichnet von Tanks und Bergen voll Drahtverhauen und Wiesen voll Stacheldraht. Ich habe die Karten in ein Album geklebt, aber leben möchte ich da eigentlich nicht.

Unsere Briefe an den Kaiser sind sehr lang geworden. Ich habe auf rosa Papier geschrieben und Hänschen Lachs auf blauem. Marken haben wir nicht raufgeklebt, wir dachten: An den Kaiser kann man so schreiben.

Alles ist wieder besonders schlimm geworden. Wir haben auf Antwort gewartet und waren glücklich, nie in unserem Leben hätten wir geglaubt, dass diesmal wieder alles schlimm werden könnte. Aber hohe Männer in Berlin haben unsere Briefe abgefangen und dem Kaiser nicht gegeben, wir sind uns vollkommen klar darüber, Hänschen Lachs und ich. Aber wir überlegen immer, warum sie so böse sind. Jeden Tag müssen Professor Lachs und mein Vater zum Polizeipräsidium wegen der Briefe. Man denkt, unsere Väter hätten was davon gewusst. Als wenn wir Kinder nichts geheim halten könnten! Unsere Väter hassen uns wie noch nie –, sie haben den Kopf voll Ärger und Sorgen, und nun haben wir ihnen furchtbar gefährliche Schwierigkeiten bereitet und ununterbrochene Lauferei. Die Briefe sollen auch an die Schule gehen, damit wir geschasst werden. Meine Mutter will diese Schande nicht erleben, unsere Väter müssen alles niederdrücken. Wir wollten nichts Schlimmes tun, wir wollten Gutes tun –, niemand sagt uns, warum es schlimm war –, sie sagen nur alle, wir wären so furchtbar, dass es keine Ausdrücke dafür gebe.

Hänschen Lachs hat geweint und gesagt, er glaube jetzt selbst, dass er furchtbar wäre. Da habe ich gesagt, wir müssten uns Geld schaffen und zum Kaiser selbst reisen und ihm sagen, dass man seine Briefe liest. Das darf nämlich nicht sein. Ich weiß das genau, weil Tante Millie mal einen Brief an meine Mutter lesen wollte. Hänschen Lachs hat sofort nicht mehr geweint und wollte mit mir zum Kaiser. Und um das Geld zu kriegen, müssten wir mit dem Bären kämpfen.

Denn auf der Wiese vorm Stadtwald ist der Zirkus Platoni, der kommt jedes Jahr und wird jedes Jahr kleiner. Mein Vater hat gesagt, er wäre so klein und rührend und trostlos. Aber er ist wunderbar mit einer zählenden Ziege und einem Schlangenmenschen und einem ringenden Bären. Herr Platoni ist ein Clown und spritzt aus seinem Mund Wasser auf einen anderen Clown, das kann ich auch. Aber er ringt dann mit dem Bären und kriegt ihn unter. Und wer von dem Publikum mit dem Bären zu ringen wagt, bekommt hohes Geld.

Wir haben vor dem Zirkus gestanden. Ottchen Weber, die älteren Schweinwaldsjungens und Hänschen Lachs und ich. Keiner hat gesprochen –, Hänschen Lachs und ich haben gelost mit einem alten Bierdeckel, den warfen wir hoch. Ich habe verloren, da haben alle gesagt: »Du tust es ja doch nicht.« Da habe ich es getan. Ich war starr vor Angst und wusste nichts und konnte nicht denken und lebte nicht mehr, aber ich habe es getan. Ich bin in den Zirkus gelaufen, an allen Leuten vorbei zu dem Clown und dem Bären.

Ich wollte mit dem Bären ringen, der Clown stand daneben. Ich habe den Bären an den Ohren gefasst und wollte seinen Kopf runterziehen. Da hat er mich angesehen mit so traurigen Augen und ist umgefallen.

Ich habe ihn kaum gestoßen, er war viel schwächer als ich. Nachher haben die vom Zirkus alle gesagt, der Bär wäre entkräftet. Er muss hungern und hungern und kriegt kein Fleisch zu essen und nichts. Hänschen Lachs wollte Geld fordern für den Kampf, sie gaben uns keins. Das war eine Gemeinheit, aber ich hatte ja auch gar nicht richtig gekämpft. Und der Bär hätte mich auffressen können, aber er hat es nicht getan. Ich musste weinen über den traurigen Bären, Hänschen Lachs wollte weinen über die Ungerechtigkeit, die Schweinwaldskinder waren um uns rum versammelt und weinten nicht. Wir standen auf der Wiese, unsere Füße wurden nass im Gras –, es war spät, wieder würden wir Krach kriegen. Da kam ein verwundeter Urlauber-Soldat, der im Zirkus gewesen war, und schenkte mir eine Mark.

Wir waren so froh, als wir die Mark hatten, was sollten wir jetzt noch beim Kaiser? Wenn er nicht alles von selbst weiß, hat er ja eigentlich keinen richtigen Wert. Hänschen Lachs hat gesagt, er hätte jetzt überhaupt viel mehr Interesse am Herrn Zeppelin, mit dem wäre mehr los, und dem wollte er schreiben.

Wir wollten Kunsthonig kaufen für den armen Bären, den isst er bestimmt gern. Und dann wollten wir zum Goldenen Eck und Luftschaukel fahren – immer höher, ganz hoch – bis in die Wolken. Das ist am schönsten.

Zu Hause wussten sie schon alles von dem Bären,

als wir kamen. Meine Mutter hat mich umarmt. Der Herr Kleinerz war auch da und hat gesagt: es wunderte ihn, verflucht noch mal, dass es überhaupt noch Kinder gebe auf der Welt und dass die Menschheit noch nicht längst ausgestorben wäre, wenn er Hänschen Lachs und mich und unsere Gefahren so sehe. »Fluchen Sie bitte nicht, Herr Kleinerz, vor den entsetzlichen Kindern«, sagte Tante Millie.

Mein Vater ist mit uns zu dem Bären gegangen, wir wollten ihm Kunsthonig bringen. Da war der Bär tot. Er hatte kein Fleisch, der Krieg ist dran schuld, ich wünschte, wir hätten Frieden, ich wünschte, der Bär würde leben – ich will, dass der Bär wieder leben soll.

ALS ICH BAZILLENTRÄGER WAR

Jetzt ist es ganz aus mit mir. Ich bin schon fast bis zum Stadtrand gewandert. Unterwegs habe ich mich in eine leere Wiese gesetzt, direkt neben eine Königskerze. Ich pflückte sie aber nicht ab, denn sie blüht ja nur immer oben an der Spitze, am Leib hat sie Knospen, die verwelkt sind oder nicht mehr aufgehen, wenn man sie abpflückt.

Ich darf nicht mal mehr in die Schule gehen. Zu Hause haben wir schon zu Mittag gegessen, ich weiß aber gar nicht mehr, wie spät es ist. Alles ist durcheinander, und ich muss immer allein sein. Weit und breit darf kein Kind mehr mit mir spielen, weil ich Bazillenträger bin. Vorher sollten die Kinder es manchmal auch nicht, weil ich ungezogen war und frech. Diesmal war ich aber gar nicht ungezogen und habe gar nichts Böses getan. Ich bin ein Bazillenträger geworden, weil mein kleiner Bruder Scharlach hat.

Wenn ich ungezogen war, konnte ich ja was dafür, wenn die Kinder nicht mit mir verkehren durften. Aber wenn ich dann unter ihren Fenstern gepfiffen habe, sind sie doch gekommen, und Hänschen Lachs hat weiter die Höhle mit mir gebaut, und Ziskorns Matthias hat stundenlang Steine mit mir aufgewälzt, um zu sehen, was darunter war. Unter den Steinen ist alles Geheimnis: totgedrückte, blasse Gräser gibt es, die dann auf einmal wieder leben. Und Ameisen und aufgeregte Ohrwürmer, die flitzen und wimmeln. Und Kellerasseln, die ringeln sich zusammen wie harte kleine Kugeln. Wir befreien alles unter den Steinen, und alles rast vor Angst, weil wir es befreien. Ich habe auch immer etwas Angst, weil es so geheimnisvoll zugeht unter den großen Steinen. Man weiß nie vorher, was passieren wird, wenn man so einen großen Stein abwälzt. Die befreiten Gräser und wimmelnden Tiere könnten ja auf einmal schreien oder sprechen oder mich ansehen mit wilden Augen und anspringen.

Ich hätte nie geglaubt, dass ich bestraft werden könnte, ohne dass ich was Verbotenes getan habe vorher. Durch die Bazillen ist eine Strafe über mich gekommen, ich verstehe es gar nicht. Die Welt ist ganz komisch und verändert geworden, weil ich immer allein sein muss und immer Zeit habe.

Der Herr Kleinerz hat auch meistens keine Zeit für mich. Erwachsene haben ja Berufe, das ist langweilig. Er hat mir das mit dem Bazillenträger erklärt. Dadurch, dass mein kleiner Bruder Scharlach hat und zu Hause im Bett liegt, ist er ansteckend, und alle Menschen können durch ihn Scharlach kriegen. Vielleicht bekomme ich auch noch Scharlach. Aber auch ohne Scharlach zu haben, kann ich andere Menschen anstecken. Ich weiß nicht, wie das passieren kann. Vielleicht sind die Bazillen unsichtbare Geister und Hexen, die schweben in unserer Wohnung umher und heften sich an mich und verfolgen mich, wohin ich gehe. Und wenn ich dann mit Leuten zusammenkomme, die sie nicht leiden können, fangen sie vielleicht an, die zu beißen und krank zu machen. Geister können alles, genau wie die Mooszwerge und die Flaschenteufel. Meistens sind sie ja unsichtbar und sprechen nicht, aber manchmal wachsen sie plötzlich und zeigen sich einem Menschen, und man darf sich etwas wünschen. Vielleicht gibt es auch gute Bazillen, und vielleicht erscheint mir mal eine und schenkt mir drei Zwergpudel. Neulich hab ich drei niedliche Zwergpudel gesehen, in einem Vorgarten. Die wären sicher gern mit mir gekommen, aber leider waren sie eingeschlossen, und ich konnte die Tür nicht aufkriegen.

Ich könnte ja auch mal bis in die Straße laufen, wo der Laden mit den Tanzmäusen ist. Da sind auch Papageien und tausend andere Vögel und kleine Affen und Schleierfische und Schildkröten wie kleine platte Dächer, die langsam wandern. Aber vielleicht können auch die Tiere Scharlach kriegen durch mich. Manchmal habe ich eine wahnsinnige Wut auf die Bazillen, aber ich traue mich nicht, das zu sagen, weil ich sie lieber nicht böse machen möchte.

Zu Hause wollen sie mich immer los sein, und ich bin auch nicht mehr gern zu Haus. Meine Mutter hat einen weißen Kittel an und pflegt meinen kleinen Bruder, und ich darf nicht in ihre Nähe kommen, wegen der Ansteckung, und weil sie übermüdet ist. Tante Millie kocht, und mein Vater sagt, es wäre ein Saufraß, und er müsste sich überhaupt dauernd gewaltsam zusammenreißen. Tante Millie weint und findet alle Menschen schlecht und undankbar und muss dann wieder mühselig getröstet werden. Zwischendurch kommt der Doktor Bohnenschmidt, dann laufen sie alle durcheinander, und er rollt seine Stimme durch die Wohnung und sagt, es wäre ein denkbar leichter Fall bei meinem Bruder, und es bestehe nicht die geringste Gefahr mehr. Ich verstecke mich, damit er mich gar nicht erst sieht, denn er will, dass ich so weit wie möglich entfernt bin, und am liebsten wäre es ihm, wenn ich zu anderen Leuten gegeben würde. Das will ich aber nicht, und die anderen Leute wollen mich auch gar nicht haben. In einem Zirkuswagen würde ich ja wohl gern mal wohnen und habe es auch gesagt, aber darauf haben sie gar nicht geantwortet. Dann wäscht sich der Doktor Bohnenschmidt die Hände, alles rennt nach sauberen Handtüchern und wedelt um ihn herum, und zum Schluss hat er jedes Mal seinen Hut vergessen, und ich muss ihm damit nachlaufen. Warum ist er eigentlich kein Bazillenträger? Er ist doch auch immerzu in unserer Wohnung und bei meinem Bruder. Nur ich muss immer so was Verbotenes und Hässliches sein.

Wenn keiner aufpasst, gehe ich immer schnell mal zu meinem Bruder ins Zimmer. Er bekommt so viel

Himbeerwasser, das kann er allein gar nicht trinken, und er hat auch keine Lust, allein zu sein, und turnt am liebsten im Bett, ohne es zu dürfen. Ich mache Schattenspiele mit ihm und erzähle ihm schnell eine Geschichte vom Königssohn, dem ein Pferd den Kopf abbeißt. Und als ich neulich mal nachts aus dem Fenster gesehen habe, da ist ein Teufel über die Straße gelaufen, und da hat auf einmal ein Engel einen Stern vom Himmel geworfen, mitten auf den Teufel, der war sofort tot, und morgens haben ihn die Müllmänner ganz ruhig aufgehoben und fortgeschmissen. Den Stern haben die Engel wiedergeholt und oben angeheftet. Und ich erzähle, wie ich mit dem Zeppelin geflogen bin bis nach Afrika, da sind wir immerzu an riesenhafte Giraffen gestoßen.

Ich muss furchtbar aufpassen bei meinem Bruder, dass mich niemand im Zimmer von meinem Bruder sieht, und ich habe ihm gezeigt, wie er seine Bauklötze gegen die Wand werfen muss, damit ich hören kann, wenn keiner bei ihm ist.

In meinen Geschichtsbüchern sind kranke Kinder immer ganz anders. Sie haben Fieber, und dann sprechen sie wunderbare Sachen und winden sich, dass alle Erwachsenen um sie herum weinen und besser werden und Königinnen sie mit Weintrauben überhäufen und hartherzige Grafen edel werden und der armen Familie Reisigbündel schenken und die letzte magere Ziege nicht pfänden lassen, und die ganze Familie dankt Gott für die wunderbare Rettung. Aber solche Kinder liegen ja auch von Anfang an in einer Hütte und auf Stroh. Wenn ich mal Fieber habe, bekomme ich nur kalte Packungen, und dann sagen sie: »Nu hör aber endlich mit dem Gebrüll auf.«

Ich weiß gar nicht, was ich tun soll. Ich könnte ja noch rostige Nägel suchen, aber ich habe schon so viele – einen ganz großen Karton voll – und ich bin immer noch nicht Millionär. In der Schule hatten wir mal eine Geschichte von einem armen zitternden Jungen, der lief in Amerika mit Zeitungen und nackten Füßen durch Wind und Schnee. Und er war fleißig und strebsam und fand einen rostigen Nagel, und damit fing er an, Millionär zu werden. Millionär ist das Reichste von der Welt. Wenn ich Millionär bin, kann ich alle Kastanienbäume kaufen und immerzu die Rehe im Zoologischen füttern. Den zoologischen Garten kann ich auch kaufen und mit dem Wärter in alle Käfige gehen. Ich kann auch alle Erwachsenen kaufen, die mich ärgern, und sie auf ein Schiff setzen und in wilde Meere steuern lassen, sodass sie nie mehr irgendwo landen können.

Ich könnte ja jetzt auch mal in den Stadtwald zu den Fliegenpilzen gehen und einen essen und sehen, was dann passiert. Wo Tollkirschen wachsen, weiß ich auch.

Jetzt ist wieder alles anders geworden, ich bin so aufgeregt. Ich habe einen richtigen erwachsenen Soldaten, ich habe schon drei Soldaten. Ich treffe sie jeden Tag und trinke Limonade mit ihnen und esse eiserne Rationen. Das sind Kekse aus dem Krieg, die sind so hart, dass ich mir schon einen Zahn ausgebissen habe, aber das ist mir egal. Die Soldaten sind glücklich, weil ich ein Bazillenträger bin, sie haben nur Angst, dass ich vielleicht doch keiner sein könnte. Aber ich bin einer, ich bin bestimmt einer.

Ich darf ihre Soldatengürtel tragen und aus der Feldflasche trinken, und fünf Uniformknöpfe habe ich auch schon geschenkt bekommen. Sie spielen Klicker mit mir, und sie machen mir den größten Drachen der Welt. Und einer ist vom Lande und hat mir extra von da aus eine Dauerwurst mitgebracht für uns zu Hause.

Alles ist so gekommen, weil ich vom Güterbahnhof Steckrüben geholt habe, was ja natürlich verboten ist. Erst wollte ich in den Anlagen einen Blumenstrauß pflücken und damit unsere Schulvorsteherin besuchen, um sie etwas mit meinen Bazillen anzustecken, dann wäre sie vielleicht entfernt gewesen, wenn ich wieder zur Schule darf. Aber dann bin ich doch lieber Steckrüben holen gegangen. Sonst bin ich dazu immer mit anderen Kindern zusammen gegangen, ein paar Kinder mussten aufpassen als Posten. Aber diesmal musste ich ja allein sein. Aus den Rüben kann meine Mutter Rübenkraut kochen. Ich soll ja keine vom Güterbahnhof holen, aber wenn ich welche bringe, ist meine Mutter doch froh. Ich erzähle einfach immer, die Rüben wären von einem Lastwagen gefallen, und ich hätte sie dann von der Straße aufgelesen. Man kommt aber am besten an die Rüben, wenn sie in vollen Waggons auf dem Güterbahnhof stehen. Manchmal liegen welche unten, aber die meisten sind doch immer oben in den Waggons.

Da kletterte ich nun an so einem Wagen rum und musste achtgeben auf meinen großen Sack und auch noch nach hinten gucken und nach allen Seiten wegen der Leute, die das nicht erlauben. Auf einmal schreit eine Stimme hinter mir: »Schäm dich mal, was tust du denn da?« Natürlich bin ich schnell ganz auf den Waggon geklettert und traute mich nicht mehr runter und guckte nur. Da stand ausgerechnet unten die widerliche Frau Meiser mit einem fetten rosa Gesicht und einem großen braunen Samthut auf ihrem Staubhaar, und hoffentlich hatte sie mich nicht erkannt. Neben ihr stand ein Herr in Rund und Schwarz. Und sie sprachen zusammen: »Da sehen Sie selbst – verwahrloste Jugend – aber nie würde mein Trautchen so was tun – ja, auch die Eltern sind schuld – verlorene Generation – Herr Regierungsrat, was soll daraus werden?«

Ich merkte genau, dass sie nichts Gutes meinten, und hab mich in die Rüben reingequetscht, und auf einmal fing der Zug an zu fahren. Und fuhr und fuhr. Es war die Rettung, ich war glücklich. Es ist so schön, wenn man fährt. Sobald man fährt, ist die Gefahr vorbei. Dann wartet man auch gar nicht mehr, dann hat man auch gar keine Angst mehr. Ich habe ganz schnell noch eine matschige Rübe genommen und der Meiser an den Samthut geschleudert, vielleicht habe ich auch den runden Mann getroffen. Leider konnte ich's nicht mehr sehen.

Ich hab aufgepasst, dass ich nicht runterfiel und dass keiner mich sah. Es war wunderbar, ich wollte es Hänschen Lachs erzählen.

Endlich hat der Zug wieder gehalten. Ich durfte ja nicht weiter mitfahren, ich musste doch wieder nach Hause. Sonst hätte ich überhaupt keine Angst gehabt. Aber vor zu Haus habe ich Angst. Ich hab meinen Sack schnell voll Rüben gesammelt und bin runtergeklettert und hab meinen Sack hinter mir hergezogen. Auf einmal umklammerten mich Arme und hoben mich von dem Puffer. Da war ich furchtbar erschrocken und wurde auf die Erde gesetzt und schrie, denn ich wollte doch nicht ins Gefängnis. Gefängnis ist furchtbar, da bekommt man Läuse, das weiß unsere Elise genau. Dann würde meine Mutter wieder verzweifeln und die Hände überm Kopf zusammenschlagen. Ich hab nämlich schon mal welche gehabt. Durch Moosbachs Christine, neben der hab ich in der Klasse gesessen, die kann so wunderbar Fratzen schneiden, und sie wohnen zu vielen Personen in einer Küche und trinken einfach immer aus der Kaffeekanne, nicht aus Tassen, und sie ist sogar ein uneheliches Kind, das hat sie mir selbst erzählt. Das bedeutet, dass sie keinen

Vater hat. Ich wünsche manchmal, ich wäre auch ein uneheliches Kind, ich freu mich oft, wenn mein Vater mal verreist. Christinchens Mutter ist so nett und klein wie eine weiße Maus und so leise wie eine Fee. Sie konnte leider das Schulgeld nicht mehr bezahlen für die Christine, und darum musste sie von unserer Schule, und auch wegen der Läuse. Ich geh aber nach der Schule immer noch zu ihr spielen. Wir finden immer so viel zusammen, und ihre Mutter muss fast den ganzen Tag fort sein, um zu arbeiten, sie ist Zimmermädchen in einem Hotel. Christine ist gar nicht stolz und bildet sich nichts darauf ein, dass sie ein uneheliches Kind ist. Andere Kinder sind oft so eingebildet und affig und sind dabei überhaupt nichts Besonderes.

Alles wurde gut, denn der Mann, der mich vom Puffer hob und festhielt, war ein Soldat auf Urlaub. Er lachte und nahm mich an der Hand und trug meinen Rübensack, aber er wollte ihn mir nicht fortnehmen.

»Scheißkrieg«, hat er gesagt, das ist ein Wort, das ich zu Haus nicht benutzen darf. Aber jetzt, bei meinen Soldaten, darf ich es sagen, sooft ich will.

Ich hab dem Soldaten alles erzählt – von den Rüben und der dreckigen Frau Meiser und wo ich her bin und dass ich wieder nach Hause muss und gar nicht wüsste, wo ich war. Ich war in Frechen, das ist weit fort von zu Haus. Der Soldat hat überlegt, und wir haben erzählt und wieder überlegt.

Und dann ist der Soldat fortgegangen, und ich

musste warten. Auf einmal fuhr ein richtiges Auto an mich ran, und ich durfte mit dem Soldaten im Auto nach Hause fahren. Ich war so glücklich. Und dann fiel mir ein, dass ich ja Bazillenträger war und dass der gute Soldat vielleicht Scharlach kriegen würde, und ich hab ihm alles erzählt von meinem kleinen Bruder und dass er furchtbar ansteckend ist und dass ich auch ansteckend bin. Da hat der Soldat mich gefragt und nachgedacht und wieder gefragt. Sein Rücken ist mit einem Ruck gerade geworden und gewachsen, und seine Augen haben mit großem Interesse geleuchtet. Und dann hat er langsam gesagt, nichts wäre ihm lieber, als Scharlach bekommen zu können, und vielleicht wäre ich ihm geradezu von Gott geschickt worden. Er hat gesagt, ich wäre ja schon ein großes, verständiges Mädchen und dürfte keinem Menschen was sagen.

Er hat mir erklärt, wir hätten ja schon 1918 und der Krieg wär nun bald zu Ende und er hätte keine Lust, im letzten Augenblick noch totgeschossen zu werden oder Beine und Arme und Augen zu verlieren. Er hat alte Eltern und eine Braut in Westfalen, von denen wird er gebraucht. Wenn er Scharlach bekommt, wird er nicht mehr totgeschossen. Dann kommt er in ein Lazarett. Vielleicht zu uns in die Nähe, da kann ich ihn immer besuchen. Und bis er gesund ist, ist der Krieg aus. Ich dachte ja immer, Soldaten wollten nur Lieder singen und stolze Festungen stürmen und

Eiserne Kreuze bekommen. In der Schule erzählen sie es. Denen in der Schule glauben wir ja eigentlich schon lange nichts mehr, Hänschen Lachs und ich. Aber man wundert sich doch, wenn nun immer und immer wieder alles ganz anders ist, als sie es in der Schule erzählen.

Zuerst hat mich der Soldat zusammen mit dem Rübensack zu Haus abgegeben. Es war schon etwas spät, aber Gott sei Dank nicht sehr. Der Soldat hat zu meiner Mutter gesagt, ich hätte die Rüben gefunden, und da hätte er mir geholfen, sie herzutragen. Und die Krankheit in der Familie täte ihm sehr leid, und er möchte sich gern wieder erkundigen.

Meine Mutter war ja sehr froh über die Rüben, aber sie waren ihr auch lästig, weil sie nun von ihr verarbeitet werden mussten, und sie war sowieso schon überlastet, und sie sagte: »Letzten Endes bleibt doch alles auf mir sitzen, das sehe ich schon, aber verkommen lassen darf man nichts.« Wenn ich mal groß bin, werde ich alles, alles anders machen. Dann werde ich tausend Zimmer haben und in allen Zimmern elektrisches Licht brennen lassen – Tag und Nacht, und niemand darf ununterbrochen zu mir sagen: »Nun knipse das Licht aus – du hast ja wieder vergessen, das Licht auszuknipsen – knipse das Licht im Flur aus.« Wenn ich groß bin, soll immer alles hell sein. Und ich werde Marmelade und Leberwurst auf einem Brot essen, auf das ich vorher Butter geschmiert habe. Und ich werde auf dem Dach des Hauses stehen und nach überallhin Rüben schleudern, wenn mir welche gebracht werden und ich keine Lust habe, sie zu verarbeiten. Und nie mehr darf dann jemand zu mir sagen: »Wir müssen aber sparen.«

Der Soldat ist am nächsten Tag gekommen und hat für meinen kleinen Bruder eine Bierflasche mit Milch gebracht und hat im Wohnzimmer gesessen und hat sich nützlich gemacht und wollte gar nicht mehr fortgehen. Und meinen kleinen Bruder wollte er auch begrüßen. Meine Mutter und Tante Millie waren so entzückt von dem Soldaten und gerührt und haben immerzu von ihm gesprochen. Aber sie wollten ihn nicht zu meinem Bruder lassen – um keinen Preis und wegen der Ansteckung, und Tante Millie sagte: »Aber um Gottes willen, wir dürfen doch so viel Uneigennützigkeit nicht missbrauchen, wir dürfen doch einen tapferen Vaterlandsverteidiger nicht gefährden, wir dürfen doch nicht so gewissenlos sein.« Unter keinen Umständen dürfte er mehr die Wohnung betreten, das könnten sie nicht verantworten. Ach, sie verstehen ja nichts zu Hause, und ich darf nichts sagen.

Jetzt treffe ich mich jeden Tag mit dem Soldaten, und zwei Kameraden von ihm sind noch dazugekommen, die wollen auch Scharlach haben. Manchmal denken wir, dass meine Bazillen vielleicht nicht ausreichen für drei große Soldaten, und dann sind wir alle traurig, und niemand weiß, was wird.

Alles ist gefährlich geworden durch die Frau Meiser und das Bettlaken und die Masken.

Das kam nun alles so: Zuerst hatte einer von meinen Soldaten mir das Wunderbarste von der Welt mitgebracht – nämlich grauenhafte, herrliche Masken. Tiermasken und Masken von Menschen. Die Menschenmasken sind am furchtbarsten – wenn man sie aufsetzt, muss alles erstarren. Ich hab die Masken aufgesetzt vorm großen Spiegel im Schlafzimmer von meinen Eltern. Die Masken haben kleine Löcher, durch die man seine Augen bohren kann. Vorm Spiegel waren es nicht mehr meine Augen. Ich musste lachen und tanzen, und dann konnte ich nicht mehr und hab gekniet vorm Spiegel und mich selbst gebeten, mir doch bitte nichts zu tun. Und ich hatte ein böses altes Männergesicht mit einem weißen Bart und bösen roten Backen, so bös wie der böseste Riese, und davon wurde ich angesehen und war so erschrocken, dass ich mich gar nicht bewegen konnte. Ich habe nicht geweint, weil der Spiegel ja nicht anfing zu weinen. Ich wollte auch, dass der Spiegel meine furchtbare Maske abnahm, und habe gewartet und wünschte, jemand sollte kommen und mit mir schimpfen, und ich wollte auch, dass niemand kommen sollte, niemand, niemand. Ich habe mich flach auf den Fußboden geworfen – so flach, dass kein Spiegel mehr an mich konnte, und habe mit aller Kraft das Gummiband von der Maske aus meinem Haar gezerrt, und die Maske hatte ich nun in der Hand. Ich möchte aber mich selbst auch nie mehr im Spiegel sehen. Ich bin ganz schnell in mein Zimmer gegangen. Natürlich war ich auch froh über die Masken, ich wollte sie gern andern zeigen und springen und Angst machen, aber nie mehr mit mir allein.

Dann hab ich das Laken fortgenommen, um es meinen Soldaten zu bringen. Das Laken war von meinem kleinen Bruder, und sie haben gesagt, am gefährlichsten sei die Bettwäsche, wenn der Kranke sich schälte. Und sie haben immer eilig die Kissenbezüge und die Bettlaken in das kleine braune Fass im Garten gebracht. Von da hab ich ein Laken genommen – ganz heimlich – und wollte es den Soldaten bringen, weil es ja mehr Bazillen enthielt als ich und weil sie dadurch vielleicht Scharlach bekommen würden. Ich habe Angst gehabt, sie würden mir nicht mehr trauen und mir nicht glauben, dass ich wirklich ein Bazillenträger bin.

Abends bin ich mit dem Laken unterm Arm fortgegangen, um es den Soldaten zu bringen, da kam aber auf einmal an der Straßenecke Hänschen Lachs und sagte, er hätte mir hier aufgelauert, und die Schule hätte er satt, und Scharlach mache ihm nichts aus, er hätte ein neues Album mit den interessanten Reklamebildchen, und ein paar Serien könnten wir tauschen, er hätte sie doppelt. Soldaten sind ja wunderbar und groß und erwachsen und Helden, und ich bin stolz, wenn sie mit mir spielen. Ich wollte aber doch lieber wieder mal mit Kindern spielen.

Hänschen Lachs erzählte mir von der Frau Meiser – sie hätte jetzt eine Wasserspritze, mit der würde sie Kinder vom Balkon aus spritzen. Und Hänschen Lachs hat mein Bettlaken gesehen und meinte, damit ließe sich doch etwas machen. Ich hab gar nichts von den Soldaten erzählt, ich fand auch, dass man was machen könnte mit dem Bettlaken. Ich hab von meinen Masken erzählt, und Hänschen Lachs war begeistert. Ich hab die Masken geholt, und während ich sie holte, hat Hänschen Lachs Ottchen Weber gepfiffen, und sie haben auch Bettlaken geholt. Dann haben wir Masken aufgesetzt und die Laken umgewunden und uns durch den Garten auf den hinteren Balkon von der Meiser geschlichen, und wir haben hohl und schauerlich Hohoho und Huuu gerufen. Ich habe mich am weitesten vorgedrängt und hatte einen Eselskopf auf, der rutschte immer, ich konnte nichts sehen, ich rief immer ganz laut Huuuu, und ich rief immer lauter. –

Auf einmal stürzt etwas an mich ran und fasst mein Laken, ich laufe fort, ich dreh mich mal um – die Frau Meiser hat mein Laken, was soll ich machen? Ich muss es ihr lassen, die andern sind längst weg, an der Straßenecke treff ich sie wieder. Alle haben wir noch die Masken auf – Hänschen Lachs, Ottchen Weber und ich. Hänschen Lachs sagt, unmöglich könnte die Meiser mich erkannt haben.

Wie nun alles werden soll, weiß ich nicht. Ich hab noch einen Kopfkissenbezug von meinem Bruder fortgenommen und am nächsten Tag meinen Soldaten gebracht. Die haben sich furchtbar gefreut und meinten, wenn das nichts hilft, dann hilft gar nichts mehr. Und dann hatten sie Angst, dass ich ihretwegen Scharlach kriegen könnte, und sagten, das hätten sie nicht gewollt und das könnten sie nicht verantworten. Dann sind sie gegangen mit dem Kissenbezug. Und sie werden mir schreiben, wenn sie Scharlach kriegen, und mich nie vergessen. Wenn der Krieg zu Ende ist, werden sie mich besuchen. Und ich wäre ihnen lieber als der General Ludendorff und die Kaiserin. Ich liebe die Soldaten, und ich will ihnen auch helfen – aber meine Mutter liebe ich mehr, und die Kinder, die Kinder, mit denen ich richtig spielen kann, die liebe ich noch mehr.

Mein kleiner Bruder ist nun wieder ganz gesund. Ich bin auch gesund geblieben bis jetzt, und alle staunen darüber. Dabei wissen sie doch gar nichts. Dr. Bohnenschmidt sagt, seine eingreifenden, energischen Maßnahmen hätten eventuell geholfen. Zu Hause freuen sich alle und sagen, weil ich so musterhaft und folgsam war in der schweren Zeit und sie nie belästigt habe, hätte ich auch eine Belohnung verdient. Sie wollten nach Königswinter mit mir fahren und mich auf einem echten Esel den Drachenfels raufreiten lassen. Sie sagten auch, sie könnten sich ja jetzt Gott sei Dank wieder mehr um mich kümmern. Aber sie sind immer noch beunruhigt, weil ein Bettlaken fehlt, und können es sich nicht erklären, und ein Kopfkissenbezug fehlt auch. Ich sage nichts. Das ist immer am besten.

Hänschen Lachs und ich haben einen Plan, wie wir das Laken von der Meiser wiederkriegen können, wenn sie es gewaschen hat und auf die Bleiche legt. Da kriegen wir es schon. Wahrscheinlich bekommt sie Scharlach, denn so eine Frau wird doch bestimmt von Bazillen gebissen.

Ich darf jetzt auch endlich wieder an meine Mutter rangehen – ganz dicht. Vielleicht erzähle ich ihr mal alles. Aber ich warte doch lieber ab, bis ich mit dem Esel auf dem Drachenfels war.

ICH HABE ANGST

Wenn sie meinen, ein Kind hätte keine Sorgen, dann ist das dumm von ihnen. Immer sagen sie: Ach, so eine sorglose Kindheit, nie kommt sie wieder. Aber ein Kind hat bestimmt viel mehr Sorgen als ein Erwachsener.

Ich habe so furchtbare Angst, das kann ich keinem sagen, auch meiner Mutter nicht, die findet mich dann dumm. Mein Vater hat ein Buch mit einem Bild drin von ganz gemeinen alten Frauen, so Hexen –, die sitzen unter der Erde mit langen Fingern. Alle sagen, es gibt keine Hexen, ich weiß auch, dass es keine gibt. Aber ich habe nachts geträumt, dass auf einmal der Boden aufgeht, wenn ich laufe, und die Hexen fassen mich an den Füßen und ziehen mich runter –, über meinem Kopf geht der Boden wieder zu.

Morgens habe ich keine Angst, und wenn ich mit anderen Kindern bin, auch nicht. Aber wenn ich abends allein gehe, halte ich mich immer an Zäunen von Häusern fest, damit ich mich an was klammern kann, wenn Hexen mich an den Beinen runterziehen wollen. Manchmal ist kein Zaun da und nichts, das ist so schrecklich –, ich laufe, laufe, so schnell wie ich kann. Und wenn das Pflaster aus eingemauerten Kästchensteinen besteht, dann darf ich nie auf den Strich treten, nur immer mitten ins Kästchen. Wir haben auch ein böses Lied zum Spielen, das ich nicht leiden kann: »Ist die schwarze Köchin da-ja-ja-ja – einmal muss ich rumspazieren, zweitemal den Kopf verlieren, drittemal ...« Ich mag das mit der schwarzen Köchin nicht, aber das sage ich niemand.

Immer will ich, dass Elise oder meine Mutter dabei sind abends, wenn ich mich ausziehe –, aber sie meinen dann, ich wäre lästig und groß genug, ich kann ihnen nichts sagen. Wenn ich mich ausziehe, halte ich mich mit einer Hand am Bett fest, und wenn ich dann ins Badezimmer muss, geh ich immer so, dass ich mich irgendwo festhalten kann –, vor der Badezimmertür muss ich einen Sprung machen. Ich wasche mich nur mit einer Hand, mit der anderen klammre ich mich ans Waschbecken.

Wenn es in meinem Zimmer dunkel ist, sind überall Hexengesichter, ich kann nicht einschlafen, mein Herz klopft. Ich steck meine Arme unter die Decke –, unter meinem Bett liegt vielleicht ein Hexenmann, der hackt mit einer Axt meinen Arm ab, wenn er raushängt.

Immer muss ich Angst haben, und wenn meine Mutter jetzt wieder in die Schule muss wegen meiner Ungezogenheit, wird alles furchtbar. Wenn meine Mutter in der Schule war und ich dann mittags nach Haus komme, sitzen sie mit dicken, starren Gesichtern und sehen mich an, ohne zu sprechen und schütteln den Kopf. Mein Vater ist nervös vom Geschäft, seine Hand trommelt auf dem Tisch, gleich wird er brüllen: sein Leben lang war er ehrlich und arbeitsam und meine Mutter auch, und die Tochter wäre faul, liederlich, frech, ungehorsam und auf dem Wege zum Laster. Das letzte Mal war es so schrecklich, und wenn nun wieder was passiert, wird es immer schrecklicher.

Am Sonntag hatte ich ein Heftchen von Hänschen Lachs: »Das blutende Haupt des edlen Herrn.« Ich hatt es in meinem Aufsatzheft versteckt, mein Vater hat es gefunden und wütend auf meinen Kopf gehauen. So ein Heft wäre schlecht und verdorben, man dürfte nicht so was von Blut lesen, ich sollte in die Kirche gehen.

Ich habe gezittert und geschrien. Das blutende Haupt des edlen Herrn hat ja nur eine Kopfwunde, ein wackrer Knecht steht ihm bei und versteckt ihn vor den Sarazenen, und eine Türkin deckt ihn mit der wallenden Flut ihrer schwarzen Haare. Die duften, und alles wird besser. Mein Vater hat mir Grimms Märchen geschenkt zu Weihnachten, da ist alles viel schlimmer. Da schwimmt eine Hexe morgens in ihrem Bett in Blut, sie tun Blut auf die Treppenstufen, weil das ein Zauber ist. Und das sollte ich lesen, mein Vater wollte es. Ich lese die Märchen furchtbar gern, aber ich habe Angst vor ihnen. Vor dem Blut habe ich nicht so viel Angst, aber in dem Märchen vom Fundevogel gibt es eine ganz unheimliche Hexe, die sagt immer böse und höhnisch »Du Einfaltspinsel« zu den fliehenden Kindern, wenn sie die wieder eingeholt hat, und vor diesem Wort habe ich Angst wie vor einer Fledermaus.

Mit dem Blut ist es am allerschlimmsten in der Kirche. Da liest man es nicht, da muss man es richtig sehen. Da sind die Heiligen alle blutig –, es ist so schrecklich. Ich muss so oft an den Heiligen Sebastian denken, alle seine Pfeile sind dann in meinen Armen und überall –, ich bete, bete und fasse meine Arme an, die Pfeile sollen fort sein. Manchmal möchte ich auch Märtyrer werden, dann rette ich alle Menschen, und meine Eltern müssen mir verzeihen und weinen.

Über meinem Bett hängt ein großes Bild, das ist nicht blutig, sondern wunderschön, und es heißt: »Notre Seigneur Jésus Christ sur la mer.« Da geht der Herr Jesus ganz sanft und wallend über vieles Wasser und zieht Petrus raus, damit er nicht untergeht. Das Gewand ist wunderbar und wie ein Segen. Anzüge von Männern sind eigentlich gar nicht schön und freundlich. Wenn Menschen mit solchen sanften Gewändern auf der Erde wandelten, wären sie sicher nicht böse und frech, sondern gut und hilfreich wie Schutzengel, und sie wären auch alle viel schöner. Ich kann mir nur nicht richtig vorstellen, wie mein Vater und der Herr Kleinerz in solchen Gewändern zum Geschäft gehen würden. Vielleicht gingen sie aber dann nicht ins Geschäft, sondern durchwanderten nur noch still und träumend die Stadtwaldwiesen. Natürlich würde mich dann mein

Vater nie mehr ausschimpfen. Ich liebe ja meinen Vater und den Herrn Kleinerz, aber schön aussehen tun sie eigentlich nicht. Sie haben auch nicht mehr viel Haare, und die würden ja wohl dazugehören. Vielleicht habe ich auch lieber, wenn sie bleiben, wie sie sind.

Den Herrn Jesus bitte ich jeden Abend, er möchte machen, dass alles gut geht mit mir und ich versetzt werde und nichts rauskommt zu Haus und meine Mutter nicht in die Schule muss. Er hat mir schon oft geholfen, und ich bringe ihm auch Opfer, das muss man. Einmal habe ich nachts eine ganze Stunde nur in meinem Nachthemd am kalten offenen Fenster gesessen und meine Augen mit den Fingern offen gehalten, dass sie nicht einschliefen. Meine Finger wurden starr und meine Füße, meine Zähne haben geschnarrt –, es war so kalt. Am Himmel waren Wolken mit Gesichtern von Hexen, im Zimmer hat es geatmet und geknistert, eine Kirchenglocke hat geschlagen: donggg, donggg, donggg … Das war ein Zeichen, ich dürft wieder ins Bett. Ich wollt den Herrn Jesus nicht belügen –, es war eigentlich keine ganze Stunde, die ich geopfert habe, aber unser Kaplan hat auch mal gesagt: der Herr misst nicht mit irdischem Zeitmaß.

Jetzt muss ich bitten und opfern wegen der schrecklichen Sache mit dem Klassenbuch. Wenn es rauskommt, bin ich verloren. Ich musste es fortnehmen und in unserem Garten vergraben, mir blieb nichts anderes übrig.

Das ist nämlich so: Wenn man bei einer Lehrerin ungezogen ist, macht sie Striche in ihr Notizbuch. Und wenn man öfters oder sehr ungezogen war, schreibt sie einen Tadel ins Klassenbuch. Im Klassenbuch steht auch, wenn man zu spät kommt und wenn man gefehlt hat und alles, und es liegt im Katheder von der Lehrerin. Wenn man drei Tadel im Klassenbuch hat, schreiben sie einen Brief nach Haus, dann müssen die Eltern in die Schule, und man wird schlechtgemacht. Ich hatte schon sechs Tadel in diesem Schuljahr – kein anderes Kind hat so viele – und meine Mutter musste zweimal in die Schule. Ich wollte gut werden danach, und dann hatte ich auf einmal wieder zwei Tadel, und wenn ich noch einen dritten kriegen würde, käme wieder ein Brief, und meine Mutter müsste wieder zur Schule. Dann müssten sie diesmal die ernstesten Maßnahmen ergreifen, es würde entsetzlich. Ich gebe mir ja so wahnsinnige Mühe, artig zu sein, aber dann passiert immer wieder was –, ich verstehe gar nicht, wie.

Jetzt habe ich den dritten Tadel gekriegt, weil ich bei eines Kindes stillem Heldentum gepfiffen habe. Da war nämlich das Fräulein Knoll, unsere Klassenlehrerin, krank. Wir sollten Deutsch haben, Fräulein Plautz kam als Vertretung. Die ist ganz klein und dünn mit einem großen, platten Kopf wie ein Pflaumenpfannkuchen, wenn Elise das Backpulver vergisst. Sonst haben wir Naturkunde bei ihr. Als Vertretung wollte sie uns eine Freude bieten und eine wundervolle Geschichte vorlesen: »Eines Kindes stilles Heldentum.« Wir kriegen gern vorgelesen, weil wir dann nichts gefragt werden.

Ich war glücklich, dass Fräulein Knoll krank war, denn ich hatte meine Aufgaben nicht fertig bekommen. Es ist schwer, der Knoll was vorzulügen, sie hat ganz spitze Augen, die piekt sie einem ins Gesicht, und sie hat auch schon mal gesagt: sie würde in meiner Seele forschen. Einmal habe ich gesagt: gestern Abend hätte ich das aufgegebene Gedicht noch genau gekonnt, aber auf dem Schulweg heute Morgen hätte mich ein Radfahrer angefahren – gerade vor den Kopf – durch den Schreck hätte ich alles vergessen. Das hat sie nicht geglaubt.

Nun dachte ich, ich wär gerettet, weil die Knoll nicht da war und die Plautz vorlas. Ich hab auch erst zugehört – ein Junge zog Kinder unter Eisschollen vor. Ich möchte auch ein Held sein und so was tun, aber nie passiert es mir, dass Kinder unter Eisschollen fallen, wenn ich dabei bin. Und wenn ich sie vorher selbst runterschubse, gilt das Ganze, glaub ich, nicht.

Ich wollte weiterhören, aber ich wurde so müde auf einmal, die Stimme von der Plautz war so langweilig – wie Regen, Regen, Regen –, die Augen fielen mir zu. Ich dachte an Hänschen Lachs, und dass wir einen neuen Pfiff ausgemacht haben, mit dem wir uns verständigen. Der alte Pfiff war bekannt geworden bei den Erwachsenen, das durfte nicht sein. Ich wusste den neuen Pfiff nicht mehr und dachte und dachte und pfiff innerlich – und auf einmal pfiff ich laut. Fräulein Plautz schlug das Buch zu mit einem Knall, ich habe mich zu Tode erschrocken. Immer denkt die Plautz, wir Kinder wollten den Jeck mit ihr machen, davor hat sie Angst und ist wütend.

Sie hat mir einen Tadel geschrieben, ich musste auf den Flur gehen und durfte nicht mehr zuhören. Aber das war nicht so schlimm. Ich hab mich auf dem Klosett eingeschlossen, um nicht vielleicht noch von der Vorsteherin gesehen und gefragt zu werden, und wo sonst kann ein Kind denn mal in Ruhe nachdenken? Keiner sieht im Klassenbuch nach den Tadeln, nur unsere Klassenlehrerin, das Fräulein Knoll. Das schreibt auch die Briefe. Wenn ich nun das Klassenbuch fortnahm, würde die Knoll den Tadel nicht finden. Da habe ich das Buch mittags heimlich aus dem Katheder genommen – keiner hat was gesehen – und habe es in der hintersten Ecke von unserem Garten in der Nähe von einer toten beerdigten Drossel vergraben. Ich hätte gern auch noch nach der toten Drossel gegraben und gesehen, was aus ihr geworden ist, aber ich traute mich nicht. Erde ist manchmal schrecklich.

Es ist große Aufregung um das Klassenbuch, schlimmer als bei Fliegergefahr und bei einem Sieg. Sie haben einen Verdacht auf mich. Ich sollte Fräulein Knoll tief in die Augen sehen – ich habe es getan. Ich sollte ihr die Hand geben – ich habe es getan. Ich sollte ruhig alles eingestehen – das habe ich nicht getan.

Nichts könnte rauskommen, wenn ich Alma Kubus nichts gesagt hätte, aber nun habe ich furchtbare Angst. Der Lebrecht von gegenüber hat auch mal seine Frau angeschrien: »Weiber können ihr verfluchtes Maul nicht halten.«

Alma Kubus geht in meine Klasse, sie ist blass und artig mit dünnen braunen Zöpfen. Sie ist neben mich gesetzt worden, weil sie so artig ist und sich durch mich zu keinem Unfug anstiften lässt. Vorher hat meine Freundin Elli Puckbaum neben mir gesessen, da waren die Stunden längst nicht so langweilig, und wir haben immer viel Spaß zusammen gehabt. Ich war sehr traurig, als Elli von mir entfernt wurde – ganz weit fort in eine andere Bank. Ich kann sie ja noch sehen, aber es ist doch nicht mehr dasselbe wie vorher, wo ich ihr in jeder Minute was Wichtiges zuflüstern konnte. Ohne die Elli war mein Platz auf einmal ganz fremd geworden und gar keine Wohnung mehr. Wir kannten auch zusammen die Bedeutung von allen Tintenflecken auf unseren Pulten und alle Kratzer und eingeschnittenen Zeichen und Buchstaben. Einem Fremden ist das alles gar nicht zu erklären. Als meine Eltern mit mir in die andere Wohnung gezogen sind damals – da war das weniger umgezogen und neu als meine Veränderung in der Klasse durch ein anderes Kind.

Ich fühle mich auch immer noch nicht wohl neben Alma Kubus. Zuerst habe ich eine Zeichensprache entwickelt mit der Elli, aber das war auf die Dauer zu schwierig wegen der großen Entfernung. Alma Kubus sprach nicht mit mir während der Stunden, die ja immer so endlos sind, dass ich es einfach nicht aushalte. Darum musste ich versuchen, mich an Alma Kubus zu gewöhnen, und sie hatte immer ein starres Gesicht wie aus fettigem Wachs, denn es war ihr gesagt worden, man setze großes Vertrauen in sie, und meinem verderblichen Einfluss würde sie wohl bestimmt nicht unterliegen. Ich habe jetzt aber schon erreicht, dass sie in der Religionsstunde »Tod und Leben« mit mir spielt – mit ganz winzigen Spielkarten, halb so groß wie der Deckel von einer Streichholzschachtel, Onkel Halmdach hat sie mir mal geschenkt.

Alma macht immer ihre Aufgaben, manchmal lässt sie mich jetzt abschreiben, aber oft nicht. Ich wünschte, sie würde mich gernhaben und mit mir lachen wie die Elli, aber das geht nicht bei ihr. Sie tut nur höchstens manchmal, was ich will, ohne es selbst zu wollen.

Außer in der Schule würde ich nie mit Alma Kubus verkehren, aber sie hat den Veitstanz. Ich habe ihn noch nie gesehen, aber sie hat ihn. Sie hat es mir erzählt, ihre Mutter hat es auch erzählt. Hänschen Lachs hat gesagt, das wäre ein Tanz von heulenden Derwischen und Menschenfressern und Indianern, die das Kriegsbeil schwingen. Ich habe Alma Kubus gebeten, sie solle mal den Veitstanz machen. Aber sie sagt, das könne sie nicht –, das komme ganz von selbst und ganz plötzlich. Nun gehe ich immer mit Alma Kubus und warte, dass der Veitstanz kommt. Ich möchte das so wahnsinnig gern sehen und auch lernen.

Meine Mutter ist froh, dass ich mich zu so einem artigen Kind, das die sauberste Schrift von der Klasse hat, hingezogen fühle. Ich darf auch immer zu Alma Kubus gehen und Schularbeiten machen bei ihr, aber das tue ich nicht gern. Frau Kubus weint immer, weil ihr Mann vor fünf Jahren nach Amerika gefahren ist und nicht mehr schreibt. Das tut mir auch leid, weil ich so gern die Briefmarken hätte. Sie denkt, dass durch den Krieg keine Briefe rüberkommen. Aber Elise sagt, er schreibe nicht, weil er nicht wiederkommen will und Corned Beef und blutiges Rindfleisch isst, und Frau Kubus ist Blutvegetarier, sie hat es mir erzählt, Alma ist auch Blutvegetarier. Von Geburt an wollten sie immer nur Pflanzen, aus Liebe zu den Tieren, und um Triebe zu dämpfen. Frau Kubus gibt mir manchmal ein Stück Möhrenkotelett, wenn ich ihr Briketts aus dem Keller hole, das schmeckt nicht schön, aber man wird gut und edel davon. Von geriebenen Steckrüben auch.

Ich habe schon so viel Steckrüben essen müssen, weil wir ja immerzu Krieg haben, aber sie finden mich gar nicht gut zu Haus. Alma ist wohl sehr artig von den Rüben geworden, aber sie ist bestimmt hinterlistig und klatscht meine Geheimnisse ihrer Mutter, und die sagt es weiter. Denn die redet und redet in einer Hast, immerzu, immerzu – auf der Straße und in der städtischen Verkaufsstelle und mit der Schneiderin – und immer kommt sie zu Alma und mir und redet. Noch nicht mal arbeitende Kinder kann sie in Ruh lassen.

Sie ist lang und schwarz wie der Korridor von ihrer Wohnung, und sie sagt, alle Männer, die Fleisch äßen, wären gemein und roh, sie hätten keinen Gedanken, außer jungen Mädchen was ins Bier zu tun zu teuflischen Zwecken –, wenn wir größer wären, sollten wir keinem Mann trauen, er täte uns bestimmt was ins Bier, nämlich Schnaps, das wäre die größte Gemeinheit. Als Elise mich mal abends von Kubus abholte, habe ich sie gefragt. Elise sagte: sie hätte ja nun Frau Kubus gesehen und würde schwören, dass nie ein Mann der Frau Kubus was ins Bier getan hätte, dazu wär ihm der Schnaps zu schade. Frau Kubus wär eine Spinatwachtel und hätte bestimmt auch den Veitstanz. Ach, wenn sie doch nur endlich mal tanzten.

Und nun habe ich der Alma das mit dem Klassenbuch erzählt, ich wollte es nicht, mein Mund hat ganz von selber gesprochen. Jede Minute kann es jetzt bei uns zu Haus klingeln, jede Minute kann die Frau Kubus kommen zu meinen Eltern oder zur Knoll gehen, ich bin so unglücklich.

Vielleicht werde ich durch den Krieg gerettet, das war schon manchmal. Durch den Krieg hatten wir schon mal Grippeferien und Kohlenferien. Ich bin einmal von Grippe fast gestorben, da haben mich alle geliebt und nichts gesagt, dass ich den ausgestopften Seeadler aus dem Zeichensaal mitgenommen hatte und Tante Millie ins Bett gesetzt. Durch die Grippe und die Grippeferien war ich gerettet.

So – und diesmal wurde mir auch wieder geholfen und der Krieg zu Ende gemacht. Waffenstillstandsbedingungen sind, tausend Extrablätter sind auf der Erde. Die Erwachsenen sind aufgeregt und glücklich und unglücklich. Alle, alle Soldaten kommen zurück nach Köln. Wir holen Tannenzweige aus dem Stadtwald, mein Vater hat mir Geld gegeben für furchtbar viel Seidenpapier in allen Farben, daraus machen wir Rosetten mit Draht und heften sie an kleine Tannenzweige, die geben wir dann den durchziehenden Soldaten. Es werden auch Stände errichtet auf der Straße mit dampfenden Suppenkesseln. Die Frau Meiser und Fräulein Löwenich wollen auch Suppe ausschenken. Fräulein Löwenich sagt, sie möchte weinen, weil wir den Krieg verloren haben. Aber wenn schon Krieg ist, muss ja zum Schluss einer verlieren – Hauptsache, dass nun alles zu Ende ist und keiner mehr totgeschossen wird und alles sich wunderbar verändert –, das findet der Herr Kleinerz auch. Pferde kommen auch durch, vielleicht lässt mich ein Soldat mitreiten.

Alma hatte von dem Klassenbuch alles ihrer Mutter erzählt, die wollte zu meiner Mutter –, ich hab ihr die Tür aufgemacht und schnell gesagt, meine Mutter wär vorläufig verreist, und mein Vater und Tante Millie wären zum Westerwald, um Rehbraten zu schießen, denn Leute, die Braten essen, will die Frau Kubus ja immer meiden. Ich habe aber trotzdem Angst gehabt und dachte, alles wär aus und hab mir ein Nachthemd eingepackt und meine silberne Kette mit der silbernen Rose. Die wollt ich der Frau Schweinwald schenken, damit sie mich aufnimmt für die nächste Zeit. Schweinwalds haben ungezählte Kinder, da fällt ein Kind mehr nicht auf. Sie wohnen weiter draußen, Herr Schweinwald ist Nachtwächter und schläft am Tag, außer er arbeitet in seinem Schrebergarten, denn dort liegt sein Leben. Ich wollt meiner Mutter einen Zettel schreiben, dass ich vielleicht später wiederkäme, wenn ich viel Geld verdient hätte, und sie immer lieben würde. Nie wär ich zu Haus geblieben, wenn das mit dem Klassenbuch rausgekommen wäre. In ein Heim für schwer erziehbare Kinder hätten sie mich vielleicht getan –, so eine Gefahr warte ich gar nicht erst ab.

Da kam der Frieden mit den Extrablättern, und er sollte zuerst nicht angenommen werden. Ich weiß nicht, warum –, aber immer passiert jetzt was für die Erwachsenen, um Kinder können sie sich gar nicht mehr kümmern. Frau Kubus hat Alma den Umgang mit mir untersagt, und am Tag drauf hat Alma den Veitstanz gekriegt. Bestimmt aus purer Gemeinheit, weil ich es gerade nicht sehen konnte.

Aber ich habe jetzt auch an anderes zu denken. In

die Schule brauchen wir nicht wegen der Zeit und der Unruhe und Gefahr, über dem Klassenbuch wächst Gras. Frau Kubus denkt auch nicht mehr dran. Sie denkt, weil kein Krieg mehr ist, wird ihr Mann mit dem blutigen Rindfleisch aus Amerika schreiben und sie lieben und zu ihr wollen und sich von ihr veredeln lassen. Aber ich glaube nicht, dass er einen Veitstanz von Frau Kubus sehen will, in Amerika sieht er ja echte Indianer tanzen. Was soll er denn bei einer hinterlistigen, klatschigen Frau Kubus mit Möhrenkoteletts, wenn er richtiges Corned Beef hat und echte wilde Indianer mit stolzen Kriegstänzen?

DIE FEINEN LEUTE UND DIE PFERDEÄPFEL

Wegen der Pferdeäpfel darf Letta Mitterdank nicht mit mir verkehren, und ich habe meinem Vater beinahe das Geschäft ruiniert. Weil er Kaufmann ist, muss er nämlich Geschäfte machen. Herr Mitterdank ist sehr reich. Wir sind auch reich, aber nicht sehr.

Mitterdanks sind extra wegen unserer Fabrik nach Köln gekommen. Sie beteiligen sich daran.

Tante Millie hat gesagt, mein Vater würde nachts vor Sorgen kein Auge zutun, dabei kann sie das gar nicht wissen, weil sie ihn nachts nicht sieht. Aber meine Mutter hat es auch gesagt, und wenn Mitterdanks kämen, müsste ich mich anständig benehmen. Mein Vater hat manchmal ein graues Gesicht –, seine Augen sehen aus, als hätten Kreuzspinnen drauf gesponnen. Ich habe ihm eine Brieftasche geklebt aus feinstem Glanzpapier in Feuerrot mit kleinen Glücksschweinchen drauf, damit er lacht und sich freut. Aber er benutzt sie erst, wenn wir wieder mehr Geld haben.

Wenn wir bei Tisch sitzen und es klingelt, stöhnen alle, weil dann nämlich Herr Hornschuh kommt mit einem nackten Kopf wie ein Ei und langen gelben Papieren. Er ist sehr nett und zuckt mit seinen Schultern und sagt, es täte ihm selbst leid, und dann beklebt er unsere Möbel mit Marken. Elise sagt, sie kenne das, und es sei keine Schande heutzutage, es komme von Steuerlasten. Sie weiß das von ihrem Schutzmann.

Später werden unsere Möbel vielleicht fortgeholt, aber nicht die Betten. Ich bin froh, wenn das große Büfett fortkommt, dann kann ich im Wohnzimmer Kreisel spielen. Und wenn sie das Klavier holen, brauche ich keine idiotischen Etüden mehr zu üben, was ich hasse.

Menschen werden nicht fortgeholt, nur Möbel, und das ist nicht schlimm. Meine Mutter hat auch zu Tante Millie gesagt, ihr mache es nichts aus, sie könne sich in kleine Verhältnisse schicken –, die Hauptsache sei immer, dass die Familie gesund und beisammen sei.

Tante Millie sagt, sie lasse sich nicht mehr auf der Straße sehen, weil die Leute mit Fingern auf sie zeigten. Das ist aber gar nicht wahr. Nur Ottchen Weber macht ihr manchmal eine lange Nase, wofür ich ihm drei Pfennig gebe. Weil wir jetzt sparen müssen, tut er es umsonst.

Ich habe auch schon überlegt, was wir tun, wenn wir keinen Tisch mehr haben und keine Stühle. Dann mache ich ein Lagerfeuer im Garten, wir setzen uns alle drumherum auf die Erde – meine Mutter kann sich ein Kissen unterlegen – und rauchen eine Friedenspfeife und essen schweigend wie edle Mohikaner. Weil ich am besten Bescheid weiß, bin ich Häuptling, wenn mein Vater es mich sein lässt. Es wird wunderbar, und Hänschen Lachs sagt, er beneide mich geradezu.

Aber weil jetzt die Mitterdanks gekommen sind, werden unsere Möbel vielleicht doch nicht geholt. Es war furchtbare Aufregung zu Haus, immerzu sprachen sie von Mitterdanks. Die wollen auch in unserem Vorort ein Haus bauen –, gleich am Stadtwald, wo der alte Gutshof ist und die Kornfelder anfangen. Alte Forts sind auch da, es ist streng verboten, sie zu betreten wegen Lebensgefahr. Ich habe mit Hänschen Lachs und Ottchen Weber mal eine kleine Eule gefangen in den Forts. Sie hat in meinen Finger gehackt, dass Blut kam, und dann hat sie der Herr Kleinerz von nebenan dem Zoologischen Garten geschenkt und mir eine große Tüte voll Seidenkissenbonbons mit Nougatfüllung. Aber die Eule wäre mir lieber gewesen. Ich hätte sie riesenhaft großgezogen, nachts glühen ihre Augen –, ich hätte sie in Tante Millies Zimmer fliegen lassen. Die hätte gedacht, der Teufel fliegt auf ihr Bett und wäre abgereist. Jetzt bauen diese Mitterdanks ein Haus bei den Forts.

Am Tag, bevor Mitterdanks kamen, sind Tante Millie und meine Mutter mit mir in die Stadt gefahren und haben mir im Kaufhaus Peters ein gesticktes Frotteekleid gekauft in Hellblau und weiße Schuhe und einen weißen Batisthut. Trotzdem sie sonst immer sagen, das Schlechteste sei noch viel zu gut für mich, denn ich würde alle Kleidung ruinieren. Die anderen Kinder in meiner Klasse sind fast alle viel schöner angezogen, aber das ist mir egal. Ich hab am liebsten meine Matrosenbluse mit dem Gummizug um den Bauch, weil ich da alles reinstopfen und verstecken kann, was ich gerade finde: Äpfel und Marmeladengläser und Bücher und alles. Manchmal bin ich so dick wie ein Omnibus.

Sie haben meine Haare gebürstet und mich angezogen, und meine Mutter hat meine Backen geklopft, damit sie rot und blühend aussehen. Dann sind wir mit einem Auto ins Domhotel gefahren, weil Mitterdanks uns zum Mittagessen eingeladen hatten. Ein Mann wie ein Kapitän hat uns durch eine Tür gedreht, die war wie ein Kreisel. Wir sind über lange rote Teppiche gegangen wie in einem Schloss. Ich kenne viele Schlösser, in den Sommerferien besichtigen wir manchmal welche. Aber dieses Domhotel ist ein Schloss und auch ein Restaurant. Ich kenne auch Restaurants, weil meine Mutter manchmal sonntags keine Lust zum Kochen hat, aber das waren dann nur Restaurants und keine Schlösser.

Meine Mutter zog mich an der Hand, die ganzen Wände in dem Domhotel waren aus Briefbeschwerern – mein Vater hat auch so einen – nämlich aus Marmor. Meine Mutter hatte ihre wunderbare rosa Seidenbluse an, mein Vater hat sie ihr zum Geburtstag geschenkt, meine Mutter hat gesagt: Aber Victor, du verwöhnst mich ja wie eine Prinzessin. Dem Trautchen seine Mutter hat nicht so eine schöne Bluse, aber meine Mutter ist auch viel schöner als die Frau Meiser.

Und wir sind auf den Teppichen gegangen – immer weiter, immer weiter, es war keine Straße, aber in den Wänden waren richtige Schaufenster mit silbernen Schuhen und goldenen Ketten und Broschen aus Diamanten. Mein Vater ist ruhig gegangen, er hat nicht mit uns gesprochen und hat weiß und lang und schwarz ausgesehen. Ich war viel zu bang, ihn Vati zu nennen –, er war fast so streng und vornehm wie der Kellner im Gildehof, wenn er meiner Mutter und der Tante Millie ein Omelett mit Pilzen bringt und »Gestatten Sie« sagt. Ich wurde so aufgeregt, dass meine Mutter vorsichtshalber noch mal mit mir auf die Toilette gegangen ist –, da waren Büchsen und Kämme aus Silber, und weit und breit Spiegel. Und der Boden war so, dass man drauf schliddern konnte –, aber dazu wurde mir keine Zeit mehr gelassen.

Wir saßen an einem Tisch, die Tapeten waren sanft und das Licht und die Teppiche und die Schritte von Kellnern und Leuten. Dicke Bäuche von Männern ruhten still in Sesseln und beachteten niemand. Alles war leise. Nur das Tischtuch hat laut und weiß geglänzt und unsere Teller und die Servietten von den Kellnern, die sie um Weinflaschen banden.

»Sie erlauben, dass ich das Menü zusammengestellt habe«, sagte Herr Mitterdank zu meiner Mutter und Tante Millie, die erlaubten es. Ich musste mehrfach einen Knicks machen und wurde neben das Kind von Mitterdanks gesetzt, das Letta heißt und ins dritte

Schuljahr kommt, wo ich jetzt schon drin bin. Ein schottisches Seidenkleid hatte dieses Kind an und ein weißes Gesicht hatte es mit einem riesengroßen Kinn. Die Erwachsenen haben gesagt, wir sollten uns anfreunden, aber das ging nicht, weil Letta nicht spricht. Ich dacht schon, sie wäre stumm, aber dann hat sie zu ihrer Mutter gesagt: »Mamaaa, ich möchte Briekäse, Briiieee-Käse.«

Dann kam für die Großen was auf den Tisch, ich konnte es einfach nicht glauben –, nämlich Schnecken. Lauter richtige Schnecken in Schneckenhäusern. Nicht so niedliche Schnecken, wie sie auf unserem Weidenbaum im Garten herumkriechen, mit blanken, geringelten, kleinen Häusern –, sondern größere hellbraune, ich kenne sie vom Rhein her, da kleben sie an den Weinstöcken. Etwas Furchtbares passierte: Mit seinen rosanen polierten Kissenhänden nahm der vollkommen runde Herr Mitterdank einen silbernen kleinen Zacken – und damit zog er die Schneckentiere aus ihrem Haus. Frau Mitterdank tat es auch. Mein Vater auch. Tante Millie und meine Mutter guckten, wie die andern es machten –, und dann taten sie's auch. Das darf man doch nicht, das darf man doch nicht. Nie haben meine Mutter und ich ein niedliches Schneckenhaus zertreten. Und immer hat meine Mutter gesagt, man müsste liebevoll sein mit diesen zarten, ängstlichen Tieren. Wir haben zusammen im Garten gesessen, meine Mutter und ich –, dann durfte ich manchmal ein Schneckenhaus auf ein grünes gepflücktes Blatt setzen und mit meiner Mutter die Schnecke durch Gesang locken:

»Schneck, Schneck, komm heraus,
Strecke deine Fühler aus –
Zeig sie nur, du kleines Ding
Und komm aus dem Haus geschwind.«

Leise musste man das singen und furchtbar oft. Dann ist die kleine Schnecke gekommen und zutraulich über das Blatt gekrochen, auf keinen Fall durfte sie angefasst werden.

Und da haben sie im Domhotel die Schnecken aus den Häusern gebohrt – »wenn man das nun mit Ihnen so machte«, habe ich zu dem Herrn Mitterdank geschrien und musste fast weinen. Sie haben nicht auf mich gehört und die Schnecken doch tatsächlich richtig in den Mund getan und runtergeschluckt. Meine Mutter hat es auch getan, da habe ich immer lauter geschrien und gesagt, sie müssten die Schnecken ansingen und wenn sie dann gekrochen kämen, leben lassen. Aber du lieber Gott, Erwachsene sind ja so gemein und hinterlistig. Immer sagen sie zu Kindern und Tieren: Komm, komm, komm –, ich tu dir nichts. Und wenn man dumm ist und kommt, tun sie einem bestimmt was.

Meine Mutter hatte die erste Schnecke im Mund, als ich das Schneckenlied sang. Da ist sie ganz rot aufgequollen im Gesicht und hat ihr Taschentuch vor den

Mund gehalten und ist raus zur Toilette. Aber wenn sie die Schnecke auch ins Klosett spuckt –, lebendig wird so ein Tier doch nicht mehr.

Alle haben mich angesehen voll Wut, am meisten mein Vater. Ich kenne sein Gesicht, wenn er hauen will oder brüllen, und wollte gern fort sein. Ich hatte ja auch die Verabredung für den Pferdeapfel-Weltrekord in Schweinwalds Schrebergarten. Der Schweinwald ist Nachtwächter, und wenn er nicht schläft am Tag, trinkt er Bier in seiner Laube und ist nett. Hänschen Lachs und Ottchen Weber und ich sind mit den Schweinwaldskindern oft im Schrebergarten, und manchmal dürfen wir einen Schluck Bier trinken. Das schmeckt nicht so gut wie Himbeerlimonade, aber wir trinken aus der Flasche wie Männer, die Häuser und Straßen bauen. Und dann ist doch dem Schweinwald ein Hund zugelaufen, der ist eine ganz struppige schwarze Kugel mit wütenden Augen. Er bellt wie rasend und beißt auch, alle haben Angst vor ihm. Herr Schweinwald hat ihn Maria getauft, denn so heißt seine Frau, und die wollte er mal ärgern, weil er sonst nicht gegen sie ankommt. Aber der Hund ist ein Mädchen. Alle haben Angst vor dem Hund, aber wenn man sein Herr ist, beißt er einen nicht, nur die andern. Wir wollten alle den Hund gern haben und sein Herr sein. Ich weiß auch schon, wen ich dann alles beißen lassen würde. Herr Schweinwald sagt, es handle sich um ein selten feuriges Tier –, und wer den Rekord im Pferdeäpfel-Sammeln liefre, der bekomme die feurige beißende Maria als Preis. Wir haben schon oft Pferdeäpfel auf der Straße gesammelt als Dung für Schweinwalds sämtliche Gemüsebeete. Und nun soll jeder einen großen Eimer kriegen, und wer ihn dreimal als Erster voll hat, soll preisgekrönt werden.

Um drei Uhr mittags mussten wir alle vom Schweinwaldsgarten aus starten. Ich konnte darum nicht mehr in diesem Domhotel bleiben. Ich musste fort, ich wollte gewinnen, ich wollte die feurige Maria. Und ich mochte auch nicht mehr bei den Erwachsenen sein, die Schnecken essen. Zwölf Stück hat Herr Mitterdank gegessen und Frau Mitterdank auch. Solche Schweine sind das. Hänschen Lachs hat auch gesagt, man müsste als Kind seinen Eltern den Verkehr mit solchen Leuten verbieten dürfen. Es ist nämlich auf Ehrenwort wahr, dass Eltern einem einen schlechten Umgang verbieten und dabei selbst viel schlechteren Umgang haben. Wir spielen bestimmt nur mit Kindern, die nicht gemein klatschen –, die andern verhauen wir, wenn sie sich randrängeln.

Es ist nun auch so, dass Erwachsene immer furchtbar viel Geld brauchen. Als Kind hätte man ja manchmal Geld nötig für Luftschaukeln und Karussells und Bonbons. Aber wir kriegen fast nie Geld und spielen doch und haben so viel Spaß. Wenn die Erwachsenen aber nur ein bisschen Spaß haben wollen, dann kostet das sofort furchtbar viel Geld. Wenn sie abends mal

Wein trinken und rauchen, kostet es furchtbar viel Geld – Kränzchenkaffee kostet furchtbar viel Geld – wenn sie ausgehen, kostet es furchtbar viel Geld – und im Domhotel kostet es bestimmt auch furchtbar viel Geld. Die Frau Professor Lachs hat neulich zu meiner Mutter gesagt: »Wir können uns gar nichts Nettes mehr leisten, gar keine kleine Freude – es kostet zu viel.« Wegen Geld müssen sie darum auch immer wieder mit fiesen Leuten verkehren. Hänschen Lachs sagt, manchmal könnten sie ihm leidtun. Ob wir denn auch später mal so werden?

Ich will gar nicht gern haben, dass diese Frau Mitterdank die Freundin von meiner Mutter wird, weil sie meine Mutter ja doch nicht liebt und gar nichts liebt. Sie ist vollkommen dünn mit fuchsigen Haaren und ganz dünnem Gesicht und einer gefährlichen Nase wie ein Hobelgriff und dünnem, gefärbtem Mund. Und mit blassen Augen, die ihr zu fein und zu tot sind, jemanden richtig damit anzusehen. So was ist doch nie eine echte Mutter von einem Kind, denn eine Mutter muss immer was sein wie ein Kissen, besonders vorne. Man kann ja sonst seinen Kopf nicht richtig wo ranlegen, wenn man mal weinen möchte bei seiner Mutter oder ein Geheimnis erzählen vor Weihnachten oder sonst. Nur einer Mutter, die wie ein Kissen ist vorne, kann man Geheimnisse sagen –, nie würde ich es tun bei einer, die ist wie hartes Holz. Denn an so einer ist ja nirgends ein Versteck. Aber ich möchte auch nicht, dass meine Mutter dick wäre wie die Frau Meiser und so wie ein riesiger Globus. Meine Mutter soll sein wie meine Mutter.

Mitterdanks haben uns ja immerzu Essen gegeben im Domhotel, aber sie waren bestimmt nicht gut mit uns. Meine Mutter und Tante Millie haben dauernd Frau Mitterdank angesprochen und ihr von den Theaterstücken erzählt in Köln und einer sehr praktischen Waschmaschine, und irgendwo wären sich die Männer doch alle gleich. Und später könne Lettachen mit mir denselben Schulweg machen und im Sommer mit mir in unserem Garten spielen, um rote Backen zu kriegen und braune Beine. Frau Mitterdank hat ihre Lippen etwas bewegt und müde geguckt. Herr Mitterdank hat zu meinem Vater gesprochen mit feuchter, matter Stimme.

Ich hab einfach gesagt, ich müsste schnell in die Handarbeitsstunde. Alle waren froh, dass sie mich loswurden.

Ich bin schnell noch mal zum Heinzelmännchenbrunnen gelaufen, den seh ich so gern. »Neugierig war des Schneiders Weib …« Das dumme, fiese Weib hat alles versaut mit den Heinzelmännchen, indem es ihnen Erbsen gestreut hat – da sind sie hingefallen und wurden nie mehr gesehen, nachdem sie vorher sämtliche Arbeit für den Schneider heimlich getan haben. Das Weib ist so eine wie die Frau Mitterdank. Ich hab so oft gewünscht, Heinzelmännchen würden in der

Nacht kommen und meine Schularbeiten machen und mein Handarbeitspensum. Ich hasse Handarbeiten. Zu Weihnachten soll ich immer für die ganze Familie Deckchen sticken, um meine Liebe zu beweisen, und dann werde ich doch nie fertig, und alle sind etwas gekränkt. Lieber würde ich zwanzig Gedichte aufsagen und alle Arten von Tieren für die Familie sammeln und heimlich unter Gefahren Tannenzweige und ganze Weihnachtsbäume aus dem Stadtwald holen. Nur das bunte Perlgarn für die Handarbeiten kaufe ich gern, weil es sich so seidig anfühlt und so farbig leuchtet, dass es mich fröhlich macht. Wenn ich aber mal angefangen habe zu sticken, sieht nichts mehr schön aus.

Ich bin in die Straßenbahn gestiegen, die nach unserem Vorort fährt, und habe sofort ein ruhiges, bezahltes Gesicht gemacht, als ich mich hinsetzte. So, als hätt ich schon längst einen Fahrschein. Der Schaffner hat nichts gemerkt, und das gesparte Geld für den Fahrschein konnte ich gut gebrauchen.

Ich bin gefahren durch die engen Stadtstraßen in Grau –, an Schaufenstern vorbei mit bunten Kleidern und Blusen. Meine arme Mutter bekommt immer Kleidungsstücke geschenkt, wenn ein Schenktag ist –, nie mehr Spielzeug. Sie will auch keins mehr. Ich denke wirklich manchmal, für Erwachsene gibt es keine Freude auf der Welt. Wenn ich ein Erwachsener bin, freue ich mich auch über kein Spielzeug mehr und will keine Rollschuhe, keine Kreisel, keine Reifen, keine Puppen und nichts. Wie soll ich denn dann nur leben, wenn ich mich über gar nichts mehr freue? Manchmal möchte ich weinen, weil ich erwachsen werde –, manchmal möchte ich es ganz schnell sein. Aber wenn ich denke, dass ich dann immer nur nützliche Geschenke zu Weihnachten kriegen möchte wie Kleider und Taschentücher und riechende Seifen, dann bin ich traurig und mag nicht mehr froh sein.

Der Schaffner muss klingeln –, ich guck aus dem Fenster: Bald ist Ostern, in den Geschäften sind bunte Eier und kleine Hasen, große Hasen mit seidenen Schleifen. Ich habe zu Haus im Ganzen dreizehn Puppen in allen Größen und neunzehn Stofftiere. So lange, wie ich lebe, will ich alle behalten und lieben.

Engländer steigen ein –, wir haben Besatzung. Apfelsinen haben die Engländer und Custard Powder. Alle sprechen Englisch, als wenn nichts dazugehörte, wir Kinder haben es auch schon gelernt. Ich kann sogar schon drei verbotene Flüche und das Lied von »Little Tom Tucker« und »To bed, to bed, says sleepy head …« Nach Uniform riechen die Engländer, nach Zigaretten und Pferden. Sofort rieche ich unter vielen Leuten einen Engländer heraus, ich brauche gar nicht hinzugucken.

Die Engländer sind keine Feinde mehr, wir haben nämlich Frieden und Butter und Fleisch und Ostereier aus Marzipan und Hasen aus Schokolade. Mit den Schokoladenhasen soll man kein Mitleid haben, man wird dann nur verdreckt und kriegt Krach. Letzten Sonntag hat der Onkel Halmdach mir nämlich einen Schokoladenhasen geschenkt, der war so niedlich und ein richtiges Tier mit fröhlichen Ohren. Ich mochte den Kopf nicht abbeißen und die Füße und den Schwanz auch nicht, weil es doch ein gutes kleines Tier war. Und habe es immer mit mir rumgetragen und sah dann auf einmal aus wie ein Schwein, weil die ganze Schokolade zerflossen war. Ich habe meine Hände abgeleckt und meine Matrosenbluse, aber es hat mir nicht geschmeckt, weil ich an den Krach denken musste, der kommen würde und an das zerflossene Osterhasentier –, ich hätte ihm gleich den Kopf abbeißen sollen, wo es ja doch nichts anderes verträgt auf die Dauer. Aber ich will lieber immer Schokolade haben in der Form von Tafeln und Eiern. Schokolade soll nicht so was sein, das ich liebe. Schokolade soll etwas sein, das ich essen will, sonst nichts. Ich glaube natürlich längst nicht mehr an den Osterhasen, aber ich liebe ihn. Mein Vater liebt ihn auch, aber zu Weihnachten lässt er sich kleine Hasen schießen –, ihr Bauch ist aus weißer Watte. Der Herr Gumpertz schießt die Hasen in der Eifel –, mein Vater bezahlt sie, meine Mutter spickt sie, Elise sticht ihnen die Augen aus. Sie essen die Hasen, ich esse sie auch schon, mein kleiner Bruder isst sie noch nicht. Sie essen die Schnecken, sie essen immerzu alles und erzählen Kindern, dass man Schnecken ansingen soll und Osterhasen lieben muss. Ich weiß wirklich nicht, warum sie nicht lieber böse dicke Männer essen, die sie nicht leiden können und die nicht niedlich sind und an denen auch mehr dran ist.

Glauben kann man überhaupt nichts mehr. Unsere Klassenlehrerin hat nach dem Waffenstillstand gesagt, wir sollten die Engländer fürchten und nicht beachten, weil sie mit dem perfiden Albion zusammenhingen. Wir sollten Würde bewahren und auch nicht mehr auf der Straße spielen. Sie dachten wohl, der Feind würde uns auf der Straße erschießen oder stehlen. Natürlich war wieder nichts davon wahr. Kein Engländer hat Interesse daran, Kinder zu stehlen, sie haben selbst welche. Sie verschenken sogar Kinder. Ich habe selbst gehört, wie Elise der Tante Millie erzählt hat, das Mariechen Heuser vom Hausmeister bekäme ein Kind von einem englischen Sergeanten. Elise weiß immer genau, was in der Nachbarschaft vorgeht. Das Mariechen ist groß und dick mit kunstvoll aufgetürmten Locken und mit roten Backen wie Mohnblumen. Jetzt weint sie manchmal, weil verschiedene Leute eklig zu ihr sind, denn man soll von den Engländern nichts annehmen und sich nichts schenken lassen aus Stolz. Dabei sind alle froh, wenn sie was kriegen.

In unserer Waschküche haben die Engländer eine Kantine –, da sind Hunderte von Kindern, immerzu, man kann sie nicht zählen. Sie essen echtes Weißbrot mit Jam und nehmen Suppe mit, da sind richtige Fleischstücke drin –, die Frau Meiser sagt, das wäre die reinste Friedensware. Und alle Mütter tun, als wüssten sie nicht, dass die Suppe von den Engländern ist. So war es auch mit den Briketts und den Rüben, die wir immer heimlich vom Güterbahnhof geholt haben.

Wir haben einen einquartierten Schotten in unserer Wohnung, er heißt Mac und noch was. Ich bin sehr befreundet mit ihm. Er ist noch nicht furchtbar alt, aber doch schon zwanzig Jahre. Er hat eine kleine Schwester in Oldham, das ist weit. Er liebt auch keine Erwachsenen und hat mir hundert kleine schottische Wappen aus Seidenstoff geschenkt, die kriegt er als Zugabe bei seinen Zigaretten. Ich nähe mir daraus eine Zeltdecke.

Als Mac zu uns kam, hatte ich zuerst Angst, wir sollten ja mit keinem fremden Soldaten sprechen, und nie wollte ich es tun. Dann habe ich mal eben in sein Zimmer geguckt, als er zum Appell war. Da war doch wirklich der ganze Fußboden voll gewesen von Apfelsinen und Custard Powder. Ein wahnsinniger Haufen lag in einer Ecke auf dem Boden. Mein Vater hat einmal mit der Hand Apfelsinen von Bäumen gepflückt –, das gibt es, ich kann es nicht glauben. Man durfte sich ja nichts schenken lassen, darum habe ich mir einfach drei Apfelsinen so genommen und eine Büchse Custard Powder –, ich wusste nicht, was das war. Hänschen Lachs hat gemeint, da könnte man Pudding draus machen, aber genau gewusst hat er's auch nicht.

Bei Lachsens in der Küche wollten wir Pudding machen, als dort gerade niemand zu Haus war. Aber wir haben dann nur geklebt wie in einem Panzer, und die ganze Küche hat auch geklebt. Hänschen Lachs wollte später seiner Mutter sagen, wahrscheinlich wär der Kalk von der Decke runtergefallen. Sowas könnte doch möglich sein. Und die Mutter vom Hänschen glaubt sowieso immer alles, denn sie sagt, Hänschen wäre ihr Kind, und niemals würde ein Kind von ihr lügen. Hänschen hat sehr viel Glück mit seiner Mutter, das sagt er selbst. Meine Eltern sind darin ganz anders und glauben mir nie, und am allerwenigsten glauben sie mir, wenn ich die Wahrheit sage. Die ist nämlich oft so komisch und so weit fort, dass ich stottre und ganz durcheinanderdenken muss und nicht mehr richtig weiß, wie es nun wirklich war, und dabei werde ich dann noch mit bohrenden und strengen Augen angesehen. Manchmal sag ich dann einfach: ja – und ich hätt's getan, nur damit sie aufhören mit ihren piekenden Augen und der Fragerei, und weil ich in dem Augenblick selbst nicht mehr weiß, ob ich's nun getan habe oder nicht. Einmal habe ich alle Liebesperlen aus meinem Kaufmannsladen in den Stadtwald getragen, weil ich sie in verschiedenen Vogelnestern verteilen wollte. Als ich keine Vogelnester fand, habe ich die Liebesperlen ins Laub gestreut. Ich fand die Liebesperlen so klein und so rot und silbern und bunt und dachte, sie wären was für kleine Vögel, sie passten so zu kleinen Vögeln. So genau sage ich so was nicht zu andern, ich geniere mich, ich weiß auch nicht, warum. Meine Eltern haben nach den Liebesperlen gefragt, und ich hab gesagt, ich hätte sie im Stadtwald im Laub verstreut. Zuerst hat meine Mutter mich gefragt, und sie wollte, ich solle zugeben, dass ich sie gegessen hätte. Ich habe aber weiter die Wahrheit gesagt. Dann hat mein Vater ernst mit mir gesprochen, und ich sollte es doch endlich zugeben. Da habe ich einfach überhaupt nichts mehr gesagt. Dann haben beide zusammen mit mir gesprochen, und da habe ich geweint und gesagt, ich hätte die Liebesperlen gegessen. Und sie haben gesagt, sie würden doch immer die Wahrheit rauskriegen. Dabei war es gelogen. Wenn ich wirklich lüge, wird es mir viel eher geglaubt, denn ich habe mir ja dann vorher alles ausgedacht und kann es besser erzählen. Warum darf man eigentlich nicht lügen? Ich habe einmal gefragt, aber das tu ich nie wieder, denn sie waren ganz entsetzt. »Weil es schlecht ist«, haben sie geantwortet. Ja, aber warum ist es schlecht? Warum darf man denn nicht lügen? Eine Antwort geben sie nicht, aber sie lügen selbst.

Hänschen Lachs und ich wollten uns dann in unserer Höhle im Stadtwald einen Betonfußboden anlegen, darum habe ich noch drei Dosen von dem Zement-Puddingpulver fortgenommen. Danach konnte ich die ganze Nacht zuerst nicht schlafen, denn ich hatte Angst, vor das Kriegsgericht zu kommen wegen

Diebstahls von militärischen Esswaren. Dann wäre ich natürlich erschossen worden.

Aber am andern Tag ist Mac gekommen, ich hab mit ihm gesprochen, und er wollte, dass ich alle Apfelsinen essen sollte – so viel, wie ich wollte, obwohl sie ihm eigentlich auch nicht alle richtig gehörten. Millionen Apfelsinen durfte ich essen, dafür wurde ich Lehrerin und musste Mac Unterricht in Deutsch geben. Ich hatte nie mehr Zeit für Schularbeiten, weil ich ja unterrichten musste. Jetzt kann er schon die erste Strophe von »O Tannenbaum, o Tannenbaum, wie grün sind deine Blätter …« auf Deutsch und auswendig. Aber er versteht die Bedeutung noch nicht richtig und denkt, unsere Elise würde so heißen. Denn er hat in der Küche ihre Hand genommen und »O Tannenbaum« zu ihr gesagt. Ich lasse ihn jetzt das Gedicht lernen »Herr Heinrich sitzt am Vogelherd«. Was ein Vogelherd ist, weiß ich nicht – andere Leute, die ich gefragt habe, wussten es auch nicht. Der Herr Heinrich ist ein König, das kommt zum Schluss raus. Man braucht gar nicht immer alles zu wissen, man muss es nur können.

Und ich habe Apfelsinen gegessen von morgens bis abends, und ins Bett habe ich auch welche mitgenommen. Dann verdarb mein Magen. Ich konnte überhaupt nichts anderes mehr essen, weil ich immerzu Apfelsinen essen musste. Ich habe eine Glanzpostkarte von meinem Vater, er hat sie an mich geschrieben aus Amerika, da konnte ich noch nicht lesen. Auf der Karte fährt eine Lokomotive durch lauter Bäume mit Apfelsinen. Wenn ich groß bin, fahre ich dahin und nehme meine Mutter mit. Ich werde auf dem Trittbrett von der Lokomotive stehen und immerzu für meine Mutter Apfelsinen pflücken in rasender Fahrt. Meine Mutter wird weinen, weil ich so gefährlich auf dem Trittbrett eines rasenden Zuges lebe, und mein Vater wird mich bewundern und Angst haben zu schreien: »Komm da mal runter« –, weil ich dann stürze. Vielleicht werde ich auch mondsüchtig, das ist ganz was Besondres.

Alle, alle Apfelsinen sind ein kleiner Mond. In der Schule singen wir immer: »Guter Mond, du gehst so stille …« Viele kleine Monde gingen in meinen Bauch. Aber Tante Millie hat gesagt, mein verdorbener Magen käme davon, dass ich abends immer heimlich im Bett lesen würde.

An alles musste ich denken, als ich mit der Straßenbahn vom Domhotel fuhr zu den Schweinwalds, um die feurige Maria zu gewinnen. Ich kam noch gerad eben zurecht, meinen Batisthut hab ich dem Herrn Schweinwald zum Aufbewahren gegeben, die Frau Schweinwald hat mir noch schnell eine Schürze von sich umgebunden – die war so lang, ich fiel dreimal hin.

Man muss die Quellen von den Pferdeäpfeln kennen, es gibt nicht viel Pferde mehr, überall sind Autos, von denen ist Dung nicht zu kriegen. Ich raste zum alten Gutshof, Hänschen Lachs auch. Hänschen Lachs raste zur Brauerei, ich auch. Wir belauerten die Pferde von hinten und haben zweimal mit vollen Eimern gewonnen vor Ottchen Weber und Schweinwalds Alois. Alles war noch unentschieden zwischen Hänschen und mir, und wieder rasten wir los. Wir kämpften gegeneinander und um die feurige Maria, und im Kampf liebt man sich nicht und fühlt keine Freundschaft. Ich rannte zum alten Gutshof, es ärgerte mich, dass Hänschen Lachs gleich wieder hinter mir herlief, trotzdem er doch mal für sich allein einen neuen Fundplatz suchen konnte. Weil ich nämlich gut bekannt bin mit einem Arbeiter vom alten Gutshof, hatte der mir heimlich versprochen, einen Haufen Pferdeäpfel vor dem Tor für mich zusammenzuscharren. Er hatte es auch getan –, und ich habe den Haufen auch zuerst gesehen. Aber Hänschen Lachs schrie, er hätte ihn zuerst gesehn, und dann stürzten wir beide wütend drauflos. Später hieß es dann, wir hätten uns in die Pferdeäpfel geworfen wie die Ferkel und nicht wie menschliche Kinder. Kein Wort davon stimmte. Direkt vor dem Haufen stießen Hänschen Lachs und ich mit voller Wucht aufeinander und fielen in den Haufen rein. Sofort standen wir wieder auf und hörten einen widerlichen Schrei: Vor uns stand Tante Millie, und daneben standen meine Eltern, das schlafende Kind Letta und die Mitterdanks. Die Stelle, wo sie später ihr Haus bauen würden, hatten sie sehen wollen, und nun sahen sie uns.

Natürlich kann man nicht die Haare gekämmt haben und sehr ordentlich und sauber aussehen, wenn man mitten im Kampf von einer Wette ist. Mein Vater wollte am liebsten tun, als kennte er mich nicht näher und als wär ich gar nicht sein Kind. Aber die Mitterdanks kannten mich ja schon vom Mittagessen her. Frau Mitterdank sagte: »Grässlich«, und Letta sollte nicht so nah an mich rangehen –, so als wenn ich das spuckende Lama aus dem zoologischen Garten wäre. Dann schrie mein Vater, und ich sollte alles erklären. Ich sagte nichts, man kann einem Wütenden nämlich gar nichts erklären, weil er dann nur noch wütender wird. Hänschen Lachs stand neben mir und trat mich tröstend gegen's Schienbein. Dann hört ich auf einmal hinter mir so ein leises, hinterlistiges Geräusch, ich dreh mich um – und seh doch wahrhaftig Schweinwalds Alois, wie er ganz gemein aus Hänschens Eimer und aus meinem Pferdeäpfel in seinen Eimer reinschaufelt. Also, da konnte ich mich nicht mehr halten. Schweinwalds Alois raste fort – mir war jetzt alles egal, ich raste hinterher, Hänschen Lachs auch.

Nur durch die blödsinnige Aufregung mit den Erwachsenen habe ich knapp verloren. Es ging auch nicht alles ganz gerecht zu. Hänschen Lachs hat die feurige Maria gewonnen. Er musste sie aber schon wieder zurückbringen, weil sie seinen Vater in die Hand gebissen hat, als er Hänschen verhauen wollte. So ein wunderbares Tier.

Am Abend war ziemliche Aufregung bei uns. Hänschen kam und Professor Lachs, der hatte die Hand verbunden wegen dem Hundebiss und sah ernst aus. Der Herr Kleinerz von nebenan war auch da. Mein Vater war etwas besser gelaunt, weil Herr Mitterdank Gott sei Dank keinen Anstoß an mir genommen hatte, nur seine Frau –, vielleicht könnte man sie später mal beißen lassen.

Dann wurde eine Frühlingsbowle gemacht zur Erfrischung von Professor Lachs. Meine Mutter sagte, der Herr Schweinwald wäre ein ganz listiger Bursche, so wie er die Kinder sich zunutze machte. Und es kränkte sie, dass ich für fremde Leute immer mehr übrig hätte und immer zu faul wäre, ihr in ihrem Garten zu helfen. Sonst könnte sie das mit dem Dungsammeln nicht weiter schlimm finden –, es passte gar nicht in die Zeit, wenn ein Kind ein verfeinerter Snob würde. Herr Kleinerz rief auch, es kränkte ihn, dass ich nie an seinen Garten gedacht hätte. Mein Vater seufzte und sagte, er glaube nicht, dass gefährliche verfeinerte Anlagen zum Snobtum in mir wären –, aber es würde auch nicht in die Zeit passen, wenn ich mich aufführte wie das verwilderte, verwahrloste Kind einer Marketenderin im Dreißigjährigen Krieg. Was müssen diese Kinder für ein schönes Leben gehabt haben, ich hätte gern mehr darüber gehört. Aber mein Vater sagte nur noch, ich sollte mich nicht etwa unterstehen, jemals mit diesem verkommenen Köter von Schweinwalds anzukommen. »Ein wahrer Höllenhund«, sagte Professor Lachs, und alle sahen Hänschen und mich an. Wir werden nie gerne angesehen, aber nun freuten wir uns, dass nichts Schlimmeres passierte. Wir liebten alle und versprachen, auf jeden Fall gesitteter zu werden, und ließen Professor Lachs erzieherisch auf uns einwirken.

Er haut nämlich fast nie und wirkt hauptsächlich erzieherisch auf Kinder ein, indem er ihnen aus der Zeitung vorliest –, und das ist bestimmt auch viel besser und erzieherischer für ein Kind als eine andere Strafe.

Professor Lachs las vor aus der Verbrecherchronik, und dass die gesamte Polizei hinter einem Fassadenkletterer her ist, bald werden sie ihn haben. Dieser Fassadenkletterer war von jeher ungezügelt und irregeleitet und wurde dann zu einem Schädling und Verbrecher. Er spielt mit seinem Leben und schwingt sich über Dächer, und kein Haus ist ihm zu hoch, keine Wand zu glatt und zu steil. Professor Lachs hatte gelesen mit einer Stimme wie ein ernstes, mahnendes Gewitter und sah uns an. Alle sahen uns an und nickten mit dem Kopf. Wir nickten auch, und da seufzten sie alle und tranken Bowle.

Wir haben ein einsames Haus am Stadtwald entdeckt –, Hänschen Lachs, Ottchen Weber und ich. Da spielen wir jetzt jeden Tag Fassadenkletterer –, es ist herrlich, wir hatten lange nicht mehr so ein schönes Spiel. Neulich sind Ottchen Weber und ich die Dachrinne hochgeklettert und fast bis zur dritten Etage gekommen, und Hänschen Lachs ist gestern aus dem Fenster vom Hochparterre gefallen, dabei ist dummerweise seine Hose kaputtgegangen.

Ich habe jetzt auch die feurige Maria bei uns zu Haus, aber es weiß noch keiner. Ich habe ihr ein Lager auf dem Speicher gemacht und hole ihr jeden Tag aus Breuers Gasthof Knochen und Essen. Ich kriege da so viel, wie ich will. Mittags, wenn sie zu Haus alle schlafen, hole ich die Maria runter und laufe mit ihr ins Stadion. Sie gehorcht mir vollkommen, aber zu Haus haben sie jetzt schon einen Hund bellen gehört und konnten es sich nicht erklären.

Ohne die feurige Maria will ich nicht mehr leben, und ich habe einen Plan gemacht, dass man sie mir lässt. Nächstens werden Hänschen Lachs und Ottchen Weber und ich mal in der Dunkelheit an unserer Wohnung rumklettern und verdächtige Geräusche an den Fenstern machen, dass sie denken, es handle sich um den Fassadenkletterer. Und danach werde ich ganz ruhig kommen und aus der Zeitung vorlesen, dass nur ein scharfer Wachhund das menschliche Leben sichern kann. Tante Millie und meine Mutter werden das sofort einsehen und meinen Vater bereden. Dann bringe ich die feurige Maria als Retterin der Familie und sage, ich hätte sie schon bei Schweinwalds dressiert.

Ich dressiere sie nämlich wirklich für wichtige Fälle. Ich will sie bald mal mit in die Schule nehmen und dann mit ihr zur Direktorin gehen und fragen, ob ich versetzt werde. Dann wird die Direktorin anfangen, dass es mir leider an Reife mangle, mein Betragen sei entsetzlich und mein Fleiß und ... Ich gebe der feurigen Maria einen kleinen Stups, die glüht dann und sprüht dann und sträubt ihre Haare und knurrt wahnsinnig und fletscht die Zähne –, »mein liebes, liebes, gutes, fleißiges Kind,« wird die Direktorin rufen, »mache dir keine Gedanken, du Artige, natürlich wirst du versetzt«. Ich hätte für solche Fälle schon lange gern einen Königstiger gehabt oder einen Löwen, aber die feurige Maria kann noch viel dumpfer und unheimlicher knurren als ein Löwe und noch viel, viel böser und gefährlicher aussehen.

ICH ZAUBERE WAHRHEIT

Sie müssen raus. Tante Betty und Cousine Lina müssen fort. Unsere Elise sagt auch, es wäre nicht zum Aushalten mit diesen Auerbachern. Wenn man sich vorstelle, dass in Auerbach lauter solche Leute wohnen, dann sehe man erst, wie gut man es anderswo habe.

Meine Tante Millie, die eine viel ältere Schwester von meiner Mutter ist und bei uns lebt, hat gemacht, dass die Tante Betty und die Cousine Lina aus Auerbach zu uns eingeladen worden sind. Dadurch sind mir jetzt die ganzen Pfingstferien verekelt.

Sie sagen, meine Cousine Lina sei ein musterhaftes Kind und müsse mir als leuchtendes Beispiel und Vorbild dienen. Jetzt schläft sie mit in meinem Zimmer und ist schon dreizehn Jahre alt und sieht aus wie die Giraffe aus unserem zoologischen Garten – so ganz lang und dünn mit hinterlistigen Horchohren und braunen Augen, die aus dem Kopf quellen, nur ein schönes getupftes Fell hat sie nicht. Diese Giraffe verdirbt mir jetzt durch Tante Millies Schuld das Leben. Immerzu stickt sie Kissenplatten für ihre Mutter –, ich muss es auch tun, weil ich sonst lieblos bin, und weil ich endlich weiblich erzogen werden soll.

Mittags bei Tisch dreht die Giraffe ihre Hände wie Korkenzieher hin und her und guckt auf meine und sagt ganz hoch und erschrocken: »Oh, du mein! – wie kann ich essen, wenn ich deine schmutzigen Finger sehe.« Meine Hände haben es nun mal an sich, dass sie immer schmutzig werden. Waschen nützt bei mir gar nichts. Und dann starrt die Giraffe auf meinen Teller, bei jedem Bissen habe ich Angst, ich esse eins von ihren Augen mit, das ihr vor lauter Starren aus dem Kopf und auf meinen Teller gefallen ist.

Ich hasse es, wenn sie immer so aufpasst. Ich kann nämlich vom Fleisch nicht die Haut und das Fett mit kleinen Röhrchen drin essen und von Heringen die glänzende Pelle – es ekelt mich so, dass ich würgen muss, wenn es in meinen Mund kommt. Die Erwachsenen sagen, ich müsse das überwinden, ich dürfe keine teuren Gottesgaben verkommen lassen, andere arme Kinder wären froh, wenn sie so was Gutes hätten. Und man müsse auch unbedingt immer seinen Teller sauber leer essen. Dabei tun sie mir auf den Teller, was ich gar nicht draufhaben will. Niemals würde mein Vater seinen Teller sauber leer essen, wenn man ihm Haufen von Möhren drauftäte, aber er würde rasend werden. Er hat einen Abscheu vor Möhren, und darum bekommt er immer extra Kohlrouladen, wenn wir andern Möhren essen. Und ich habe solchen Ekel vor Fett. Und schneide es immer heimlich ab und schiebe es zum Schluss unter Messer und Gabel – nie hatte einer was gemerkt in der letzten Zeit.

Und nun kommt diese Giraffe, stiert mir auf den

Teller und sagt: »Aber da hast du ja das gute, gute Fett unter Messer und Gabel versteckt.« Und dann seufzte Tante Betty meine Mutter an: »Liebste, wie verwöhnt ist doch deine Kleine – ich als Witfrau kann es mir nicht leisten, meine Kinder so zu verwöhnen, wir haben kein Fett zum Fortwerfen.« Alle guckten mich an, ich sollte das Fett essen. Ich habe es versucht und wollte es und musste würgen, meine Augen weinten.

Dann hat die Giraffe gesagt: »Na, aber nun auch noch schön den Rest essen.« Da habe ich den Rest vom Teller genommen und der Giraffe über den Tisch weg ins Gesicht geworfen und geschrien, ich wollte kein gutes Fett verkommen lassen, ich wollte es nur nicht essen. Und ich würde es auch nicht essen, wenn ich ein armes hungerndes Kind wäre. Ich habe geschrien, die Tante Betty wäre gar nicht richtig arm, aber das alte Lappes Marjenn, das immer die Lumpen sammelt und die Schuttabladestellen durchwühlt, wäre arm. Das hätte sicher oft Hunger. Aber ich hab mal gesehn, wie der Herr Meiser ihr einen Teller voll Muscheln geben wollt, weil die Meisers so viele hatten, die schlecht wurden. Da hat das Lappes Marjenn sich richtig geschüttelt und gesagt, so was würd sie nicht essen, und wenn der Herr Meiser ihr zehn Mark dafür geben tät. Das hat der Herr Meiser nicht verstanden, denn für ihn sind Muscheln die höchste Delikatesse. Er hat gemeint, das Lappes Marjenn wär verschnuppt und hätt viel mehr zu essen, als man allgemein annehmen würde.

Meine Mutter hat gesagt, ich müsse essen, um stark zu werden. Ich möchte wahnsinnig gern ungeheuer stark sein und male mir manchmal aus, was dann sein würde. Felsblöcke könnte ich in Gebirgen umherschleudern, meinen Vater könnte ich ohne Weiteres mit einer Hand von einem Zimmer ins andere tragen, die Kerkertüren der Gefangenen könnte ich aufbrechen, gegen dreißig Kinder auf der Straße kämpfen, auf Tigern und Löwen durch die Stadt reiten, rasende Automobile anhalten, indem ich mich dagegenwerfe und die Waschmaschine auf den Herd heben, ohne dass meine Mutter mit anfassen muss. Ich tu auch was fürs Starkwerden. In Tante Millies Nachtkommödchen habe ich »Orientalische Kraftpillen« gefunden, davon esse ich immer mal heimlich von Zeit zu Zeit eine.

Sie haben an dem Mittag auch gesagt, ich wär ein beispiellos lügnerisches, ungezogenes Kind und haben mich vor dem Nachtisch aus dem Esszimmer geschickt. Ich sollte auf die Strafe warten. Ich bin zu Elise in die Küche gegangen, die hatte noch einen Rest Pudding für mich, und wir haben zweistimmig ein herrliches Lied gesungen: »Ich schieß' den Hirsch im wilden Forst …« Das ist das Lieblingslied von einem sehr netten Schutzmann. Andere Schutzmänner, die sich wichtig machen, singen Hänschen Lachs und ich immer an: »Da steht ne Schutzmann, da steht ne Schutzmann, dä hätt der janze Tag noch nix gedonn …« Dann ärgert sich der Schutzmann, und wir laufen schnell fort. Elises Schutzmann heißt Erich, und Elise verkehrt mit ihm. Sie sagt, er würde nächsten Sonntag bei ihren Eltern in Grevenbroich vorsprechen. Ich habe gefragt, ob der Schutzmann nicht Tante Betty und die Giraffe einfach festnehmen könnte und nach Auerbach zurückschicken und Tante Millie dazu. Elise sagte, das wünsche sie auch. Aber dann hat sie den Kopf geschüttelt, dass ihre kleinen braunen Locken hin und her geflogen sind, und hat gesagt, dazu bedürfe es leider eines dienstlichen Befehls.

So ein ekelhaftes Leben. Abends kann ich nicht mehr heimlich im Bett lesen, die Giraffe passt genau auf, und sie haben mir ein wunderbares Indianerheft fortgenommen: »Der Skalp einer weißen Frau«. Hänschen Lachs hat es mir geliehen, und der hat es von Ziskorns Mathias, und dem gehört es auch nicht –, und ich verliere die Ehre meines Stammes, wenn ich es nicht wiedergebe. Die Giraffe liest manchmal in einem Buch: »Rotblondes Komtesserl, wann spricht dein Herz?« Ich wollte es ihr klauen und Hänschen Lachs für den Skalp einer weißen Frau geben. Aber es ist so ein dummes, langweiliges Buch, von Indianern kommt nichts drin vor und von Menschenfressern und Mondschein-Elfen und wilden Tieren auch nichts.

Tante Betty hat gesagt, unsere Elise wär neugierig und faul, und Elise hat gesagt, die Giraffe wär ein heimtückisches Kind, und Tante Betty war eine missgünstige Person und würde zur Tante Millie gemeine Bemerkungen machen über meine Eltern. Und meine Mutter hat einmal bei meinem Vater geweint: »Ach, Mann, ich halte Bettys ewige Sticheleien bald nicht mehr aus.« Mein Vater meinte, weibliche Menschen hätten nun mal von Natur feindliche Hassgefühle für einander, die immer wieder hervorbrechen würden. Das finde ich auch, wenn ich sehe, wie bei der widerlichen Frau Meiser und der Knoll und dem Fräulein Löwenich immer wieder Gemeinheiten gegen mich hervorbrechen. Aber in mir bricht eigentlich auch immer was gegen sie hervor. Gegen meine Mutter und Elise bricht aber nichts in mir hervor, und die sind doch auch weiblich.

Elise sagt, auf dem ganzen Haus laste ein Druck, und wenn diese Auerbacher noch zehn Tage bleiben, werde irgendein entsetzliches Unglück geschehen. Jetzt hat sich das entsetzliche Unglück bei Elise schon durch einen schweren Traum von zerbrochenen Suppenterrinen und verschimmeltem Brot, das in Marderfelle gewickelt war, angekündigt. Elise hat ein echt ägyptisches Traumbuch, aus dem ein Eingeweihter alles erfahren kann.

Ich habe das entsetzliche Unglück in zehn Tagen verhütet und gemacht, dass es vorher kam, und dass die Auerbacher ganz schnell abgereist sind. Und das kam so:

Meine Mutter veranstaltete ein kleines Fest zu Ehren von Tante Betty, und damit ihr beim besten Willen keiner was vorwerfen könnte. Zu Elise sagte meine Mutter: »Wir wollen uns Mühe geben und alles aufs Beste machen, wir nehmen gefüllte Tauben, alles muss leicht sein –, meine Schwägerin hat einen nervösen Magen.« Und dann haben sie stundenlang in der Küche gearbeitet. Mein Vater musste haargenau pünktlich aus dem Geschäft kommen, denn es ist Sache des Mannes, eine Waldmeisterbowle zu bereiten.

Tante Betty war da und Tante Millie und der Herr Kleinerz von nebenan und Onkel Halmdach. Der ist ein Vetter von meinem Vater. Tante Millie kann ihn nicht leiden, weil er am Aschermittwoch zu uns kam und sofort auf unserem hellen Seidensofa eingeschlafen ist. Mit einer Geckenmütze auf und mit schmutzigen Stiefeln! Gänsehaut ist mal eben über mich geschnurrt vor Aufregung und Freude, denn ich hasse dieses Sofa, auf das sich nur Gäste setzen dürfen, und das wird auch nicht gern gesehen. Wenn ich das Sofa nur mal angucke, dann schrein sie schon los und tun, als hätt ich's schmutzig gemacht und den Seidenstoff zerschabt. Einmal hab ich Christinchen Moosbach und noch ein paar Kinder zu mir nach Haus genommen, weil meine Mutter und Tante Millie zur Stadt waren, um gesunde Reformkorsetts zu kaufen. Sowas nimmt Zeit in Anspruch. Ich wünschte nur, dass sie mir diesmal nichts Scheußliches mitbringen würden – nämlich ein kratziges Woll-Leibchen oder besonders gesunde Schuhe, mit denen ich nicht laufen kann und über die andere Kinder nur lachen, oder eine gesunde, praktische Wachstuchschürze für die Schule, über die auch nur gelacht wird oder einen gesunden praktischen Geradehalter. Sie sagen, sie kauften es aus Liebe, aber alles Gesunde und Praktische, das sie kaufen, ist mir eine scheußliche Qual. Sie wissen gar nicht, wie das ist, wenn man als einziges Kind mit einer praktischen, gesunden Regenkappe aus Wachstuch und Flanell in die Schule gehen muss, wo lauter Kinder sind, die nicht so was Komisches aufhaben. Regen macht mir nichts aus, aber die Kappe hat mir was ausgemacht, und wenn ich sie bei schlechtem Wetter aufsetzen musste, hab ich sie abgenommen, sobald ich aus dem Haus war, und in meine Schultasche gestopft. Und an der Haltestelle von der Straßenbahn musste ich dann noch Angst haben, dass jemand mich sehen würde ohne Kopfbedeckung im Regen. Und weil die Kappe durch die Schultasche etwas zerknüllte, machten sie mir Vorwürfe, dass ich meine teuren Sachen nicht gut hielte, und der arme Vater müsste schwer das Geld dazu verdienen, und für sich selbst würden sie sich so was gar nicht leisten. Ich wünschte, sie würden sich überhaupt nichts mehr leisten für mich. Sie wollen auch immer, dass ich dankbar und froh bin, wenn sie mir so was mitbringen.

Als damals meine Mutter und Tante Millie zur Stadt waren, hab ich Christinchen und die anderen Kinder in den Salon zu dem Seidensofa geführt und sie alle nebeneinander drauf sitzen lassen, weil ich etwas Besonderes für alle wollte. Da saßen die Kinder nun auf dem Seidensofa und waren nicht besonders glücklich und warteten, dass ich ein Spiel erfinden würde oder einen Zauber – da kam Tante Millie vorzeitig zurück und erstarrte. Die Kinder konnten sich gar nichts erklären, denn ich hatte ihnen ja nur gesagt, mein Vater hätte hundert Sofas, und sie sollten sich nur mal eben auf dieses Sofa setzen, sie könnten es auch ruhig kaputt machen, und ich würde dann etwas Besonderes unternehmen und vielleicht am Kronleuchter schaukeln. Ich fand es schön, dass so viele Kinder auf einmal auf dem dummen toten Sofa saßen. Tante Millie fand es nicht schön, und sie behandelten mich später wie den grauenhaften Mann, der unter höhnischem Gelächter einen Altar entweiht hat – das hat in ihrer Missionszeitung gestanden, die sie von Zeit zu Zeit immer wieder abbestellen wollen wegen der Kosten.

Ganz sorglos hat der Onkel Halmdach auf dem Seidensofa gelegen. Und er hat gesagt, seit Karnevalssamstag hätte er kein Bett mehr gesehn, und jetzt brauchte er Ruhe und zwanzig Mark.

Er wollte auch neulich mal eine Flasche Cognac von uns trinken. Mein Vater war nicht da, und Tante Millie sagte, wir hätten leider keinen Korkzieher. Da hat Onkel Halmdach glatt gesagt, das machte nichts, er könnte sonst nicht viel, aber es wäre ihm von Natur gegeben, jede Flasche mit einer einfachen Nagelfeile aufmachen zu können. Und dann hat er es getan, und hinterher hat er Tante Millie als rasende Dampfturbine aufs neue weiße Tischtuch gezeichnet. Da war Tante Millie wütend, und Onkel Halmdach hat gerufen, wenn er mal ein Auto hätt, würde er sich Tante Millie als Maskottchen auf die Kühlerhaube setzen, damit alle Verkehrsschupos fortliefen –, aber es müsste dann allerdings ein sehr starkes Auto sein, am besten ein Tank. Tante Millie kann es auch nicht leiden, wenn jemand ihr sagt, sie sei ein Staatsfraumensch, weil das eine dicke, gewaltige Frau bedeutet, die ernst und grimmig nachmittags in der Konditorei über fünf Stück Holländische Kirschtorte mit Sahne isst, um abzunehmen, weil sie mittags keine fette Soße und keine Suppe gegessen hat auf ärztlichen Rat hin. Und Tante Millie hat mal gesagt, sie hätte im Grunde genommen die zarte Seele eines scheuen Vögelchens und die empfindsame, anschmiegsame Natur eines rankenden Efeus. Darum kann sie auch nicht leiden, wenn Onkel Halmdach sagt: »Also, Millie, du hast das Hinterteil eines friederizianischen Schlachtrosses.«

Ich kann Onkel Halmdach gut leiden, er zeichnet ulkige Sachen für Zeitungen und hat mir mal einen Kastenteufel geschenkt.

Nach dem festlichen Essen saßen alle im Wohnzimmer, die Giraffe und ich durften auch dabei sein, und von der Bowle bekamen wir ein kleines Portweinglas voll zum Trinken. Wir hatten Erlaubnis, bis neun Uhr aufzubleiben, aber bis dahin hatte ich längst den großen Krach gemacht.

Alle taten sehr höflich zueinander, als kennten sie sich nur ganz flüchtig. Der Mond schien gelb durch unsere Gardine, meine Mutter stellte eine Schale mit Veilchen auf den Tisch neben das blühende Mandelbäumchen, das der Herr Kleinerz meiner Mutter mitgebracht hat, denn von allen Blumen liebt sie Mandelblüten am meisten. Sie muss nämlich dabei an ihr erstes Ballkleid denken, das auch so rosa war und so fröhlich. Schierling finden sie schlecht und hässlich, weil er giftig ist. Ich finde aber Schierling eigentlich genau so schön wie Schleiergras, und schlecht ist er auch nicht, denn er tut einem nichts und vergiftet auch keine anderen Schierlinge und auch keine anderen Blumen, mit denen er zusammensteht. Man kann ihn nur nicht essen wie Spinat, aber die meisten Menschen werden ja auch nicht gern durch den Wolf gedreht und als Spinat gegessen.

Wenn meine Mutter Blumentöpfe bekommt, machen wir als Erstes immer die Papiermanschetten, die da rumgewickelt sind, ab, und später pflanzen wir die Blumen in unseren Garten. Meine Mutter sagt, da lebten sie länger und fühlten sich wohler, aber manchmal gehen sie auch ein. Die Manschetten tragen Hänschen Lachs und ich dann manchmal als Kronen, wenn wir indische Könige spielen und unser Land regieren.

»Welch sanfter Frühlingsduft«, sagte Tante Millie. »Du gestattest, Betty«, sagte mein Vater und schenkte ihr ein und zündete sich dann eine Zigarre an. »Danke verbindlichst, Victor«, sagte Tante Betty und streichelte sich ihr Haar –, »ein heiterer Friede herrscht in deinem Haus, Victor –, deine kleine Frau ist ein liebes Geschöpf, nur scheint sie mir ein wenig verschwenderisch.« »Trink mal aus, Betty«, sagte mein Vater. Ich hatte eine große Wut, denn Tante Betty hatte gesagt, Elise würde stehlen. Meine Mutter hat nämlich in der Küche gesprochen, Elise wär so fleißig gewesen und so willig, sie sollte sich auch gefüllte Tauben nehmen und ganz viel Kuchen und von allem genug haben und für Erich auch was, und wenn schon, denn schon. Da hat hinterher auf dem Flur Tante Betty zu meiner Mutter gemein geflüstert: »Du bist ein wenig üppig, Liebste –, dieses Mädchen wird sich hinter deinem Rücken schon genug nehmen.« »Warum soll sie sich denn ausgerechnet hinter meinem Rücken genug nehmen, Betty – wo sie doch vor meinen Augen alles nehmen kann, was sie will?«, hat meine Mutter gefragt und: »Sie ist noch das reinste Kind –, hoffentlich habe ich ihr kein Vergnügen verdorben. Meine ungezogene Tochter isst auch lieber die Äpfel, die sie sich vom Speicher stiehlt, als die, die man ihr gibt.« »Weit wirst du kommen mit deinen eigenartigen Ansichten, entschuldige, Liebste«, flüsterte Tante Betty –, »wenn sie dir erst mal einen Brillantring stiehlt …« Meine Mutter hat leise gelacht: »Wieso einen, Betty – es gibt doch nur den Brillantring, ich hab nicht mehr und brauche nicht mehr.«

Tante Betty trank aus und kniff mich ganz fest und bestimmt ohne Liebe ins Gesicht und sagte: »Dein Töchterchen hat sich auffallend gebessert, lieber Bruder, der Umgang mit ihrem Cousinchen hat ihr gut getan. Deiner Kleinen zuliebe sollte ich das Opfer bringen und ständig mit Lina hierbleiben.« Ich habe mich zu Tode erschrocken.

Onkel Halmdach kam und wollte einen Cognac oder einen kräftigen Doppelkorn, weil die Bowle nichts taugte, denn Ehemänner könnten keine anständige Bowle machen. Mein Vater sagte leise, er ginge gern nachher noch mit Onkel Halmdach und Herrn Kleinerz auf ein Glas Bier mit. Dabei ist gerade der Onkel Halmdach manchmal wahnsinnig verzweifelt und sagt, bei der ganzen Sauferei käm nichts Gutes raus, nur Unfug und seelische Qualen und alles sauer verdiente Geld zum Teufel, und nie mehr würde er einen Tropfen anrühren. Aber später vergisst er das wieder, wenn ihm nicht mehr so schlecht ist.

Tante Millie hat mit Herrn Kleinerz angestoßen und gerufen: »Hach, ich werde noch einen Schwips kriegen.« »Dann wirst du uns allen die Wahrheit sagen, Millie«, rief Tante Betty –, »nicht wahr, Vetter Halmdach, Kinder und Betrunkene sagen die Wahrheit? So heißt es doch wohl im Volksmund?« »Altes Plüschgehirn«, hat Onkel Halmdach zu meinem Vater hingemurmelt, »wenn die arme gelbgrüne Neiddrüse auf zwei Beinen das Wort ›Volksmund‹ flötet, möcht ich sie vor lauter Mitleid psychoanalytisch behandeln und ihr einen Blumenstrauß schenken –, also, ich hab schon bildschön gelogen, wenn ich besoffen war.«

Ich hab auf einmal denken müssen, wenn ein Kind ihnen die Wahrheit sagt, glauben sie es nie und lassen einen auch gar nicht zu Ende sprechen, und darum wollte ich ihnen mal als Betrunkener die Wahrheit sagen. Ich weiß genau, wie Betrunkene sind, durch den Lebrecht von gegenüber, er heißt ja sogar mit Vornamen Pankratius – solche Namensworte muss ich manchmal vor mich hinsagen, und dann schmecken sie mir nach geheimnisvollem Kuchen, ich esse sie und muss mir furchtbar viel ausdenken dabei. Wir haben ja auch in Köln einen Mauritiussteinweg und eine Mauritiusstraße, und wenn ich in der Straßenbahn fahre, warte ich immer, dass der Schaffner das Wort »Mauritius« aufruft – das macht mich so aufgeregt und glücklich wie ein Durcheinander aus Locken und Blumen und Regen aus Samt. Ich brauche ja zur Schule nur bis zum Opernhaus zu fahren, aber ich fahr extra manchmal eine Haltestelle weiter, weil ich hören will, dass der Schaffner »Mauritiussteinweg« ruft. Manchmal ruft er nicht, und ich steige aus und lese das Schild mit dem Namen, bis meine Augen es hören.

Der Lebrecht läuft von einer Wirtschaft in die andre nach Wacholder und fällt fast um auf der Straße, die Kinder rennen ihm nach. Seine Beine wanken, er dreht seine Augen, und seine Frau hat nichts zu lachen. Manchmal steht er starr und reckt seinen Arm und schimpft und schimpft und droht und droht und stolpert und fällt und redet. Seine Augen sind blind, er sieht nichts, er weiß aber, dass die Kinder da sind. Er redet in den Himmel und in die Luft, er redet nicht zu den Kindern. Alles ist wie ein Donner, der Lebrecht ist der langsame Donner. Er sagt alles, was er gerade will.

Ich wusste, wie Betrunkene sind, und ich wollte, dass Tante Betty mit der Giraffe abreiste. Ich bin ein Betrunkener geworden und habe meine Gelenke gelockert, wie ich das in der widerlichen orthopädischen Stunde gelernt habe, und bin auf den Boden gefallen. Ich bin wieder aufgestanden und bin hin und her geschwankt und habe dann starr auf die Giraffe gezeigt und gestöhnt und mit dem Kopf gewackelt – genau wie der Lebrechts Pankratius.

Alle sprangen auf und guckten mich an. Ich sprach mit dunkler Stimme: »Sie ist schlecht, Cousine Lina ist schlecht. Tante Betty ist auch schlecht. Sie hat gesagt, meine Mutter verschwendete Geld und mein Vater würde unglücklich aussehen mit so einer Frau. Und Tante Betty hat gesagt, meine Mutter hätte gar keinen anderen Mann bekommen können in ihrer jammervollen Vermögenslage, sonst hätte sie einen rücksichtslosen, jähzornigen Tyrannen wie meinen Vater nicht geheiratet. Sie hat alles zu Tante Millie gesagt. Elise hat es gehört, und ich habe es gehört. Und als wir neulich Kohlsuppe hatten mittags und sonst nichts, da hat Tante Betty gesagt: man wollte ihr im Hause des leiblichen Bruders Ärmlichkeit vortäuschen. Und vorhin hat sie gesagt, meine Mutter wollte mit gefüllten Tauben vor einer armen Witfrau prahlen, und bei der Erbschaft wäre sie auch betrogen worden, und ein Büstenhalter aus Spitze ließe tief blicken. Und sie haben gesagt, Elise stiehlt –, das erzähle ich Erich, das erzähle ich dem Schutzmann – lasst mich doch los, lasst mich doch alle los – ich will – ich erzähle es dem Schutzmann, ich …« Als Betrunkener muss man nämlich immer wieder dasselbe sagen zum Schluss.

Sie haben an mir rumgezerrt, ich bin wieder umgefallen und habe nur noch »lalalalala« gemacht. »Sie ist wahnsinnig«, hat Tante Betty zu meinem Vater geschrien und: »Oh pfui – ach, wie traurig« und: »Victor, in unserer Familie ist nie Geisteskrankheit vorgekommen.« »Betrunken«, stöhnte Tante Millie und hatte bestimmt furchtbare Angst, dass ich auch von ihr anfangen würde. »Sinnlos betrunken – um Gottes Willen – das arme Kind …«, riefen alle. »Ausgeschlossen«, sagte Onkel Halmdach, »das Kind ist auf keinen Fall einfach betrunken – das Kind hat einen Schulfall von Delirium. Großartig!« »Aber es hat ja überhaupt keinen Schluck aus seinem Glas getrunken«, sagte auf einmal Tante Millie mit dumpfer Stimme –, »das Kind ist eine Verbrechernatur, das Kind simuliert.« »Aber es scheint die Wahrheit zu sprechen«, sagte plötzlich Herr Kleinerz. Ich liebe ihn, er ist klug und hilft mir immer.

Ich dachte, mein Vater würde mich verhauen, alle würden mich verhauen –, aber mein Vater ging auf Tante Betty los, und Tante Betty ging auf Tante Millie los, und Tante Millie ging auf Elise los, die gerade Keks brachte. Weil ich als Betrunkener auf dem Boden liegen musste, konnt ich mir von den Keksen leider nichts nehmen.

Die Erwachsenen hatten mich ganz vergessen, vielleicht hätten sie mich aus Versehen totgetreten, aber meine Mutter und der Herr Kleinerz haben mich aus dem Zimmer gezogen. Ich bin ganz stumm geblieben und starr und wollte nur immer, dass alles gut ging und wusste schon gar nicht mehr, was nun alles gut gehen sollte und was ich eigentlich gewollt hatte.

Meine Mutter hat geweint und wollte unsern Doktor Bohnenschmidt anrufen, weil sie dachte, ich wär betrunken und geisteskrank. Da bin ich sofort gesund geworden und habe meine Mutter geküsst. Sie hat mich ins Bett gebracht, wir haben gebetet, und später kam Elise. Wir haben gesungen: »Ich schieß den Hirsch im wilden Forst, im tiefen Wald das Reh – den

Adler auf der Klippe Horst – die Ente in dem See …« Das mit dem Adler ist am schönsten, da müssen wir beide weinen und singen laut wie Männer und wie wilde, rauschende Trompeten.

Da kam auf einmal meine Mutter und sagte: »Aber warum singst du denn so rohe Lieder, du hast doch Tiere gern – warum willst du denn alle Tiere erschießen?« Ich hatte aber gar nichts getan, ich hatte keinem Tier was getan, ich wollte nur laut singen, und den wunderbaren Adler auf der Klippe Horst liebe ich doch. »Elise«, sagte meine Mutter, »meine Schwägerin hat ein Telegramm bekommen, sie muss mit ihrer Tochter den Schlafwagen nach Leipzig nehmen. Meine Schwägerin wünscht, dass Sie ihr beim Packen helfen, ich helfe auch mit – sind Sie zu müde?« »Ach, von Herzen gern helfe ich da«, sagte Elise ganz glücklich und freundlich.

» Schlaf jetzt nur, mein kleiner Teufel«, sagte meine Mutter, »aber denke nicht, dass deine schreckliche Ungezogenheit vergessen ist.« Dann hat sie die Sachen von der Giraffe zusammengesucht und mir Gott sei Dank noch einen Kuss gegeben für meinen Traum und als allgemeine Beruhigung. »Schlaf jetzt.«

Aber ich war so aufgeregt, ich konnte nicht einschlafen. Ich musste an die Giraffe denken, die in einem Schlafwagen fahren darf. Das ist ein Bett, das immerzu fährt. Es ist das Wunderbarste, das ich mir ausdenken kann –, nichts wünsche ich mir so sehr, als einmal in meinem Bett zu fahren – schnell und glatt durch alle Straßen, bergauf und bergab, über Täler und Höhen. Und dann habe ich mir geträumt, dass ich mit meinem Bett aus dem Fenster fliege –, immer, immer höher und bis in die Wolken. Unten sind Häuser und Lichter und Züge mit Betten, die fahren, die Giraffe fährt auch mit –, aber ich fliege mit meinem Bett, fliege – fliege …

TANTE MILLIE SOLL HEIRATEN

Alle sagen es, alle, dass Tante Millie überreif war. Kein Mensch hält es mehr aus mit ihr, und nie werden wir sie los, wenn sie keinen Mann kriegt. Elise sagt, jede Frau muss mal einen Mann haben, der ihr richtig gehört, ich muss auch später mal einen haben, da hilft nichts. Mein Vater gehört meiner Mutter, Tante Millie hat nicht richtig was von ihm, wenn sie auch bei uns wohnt. Und wir Kinder gehören auch meiner Mutter. Mich möchte die Tante Millie ja nicht geschenkt haben – ich würde mich ihr auch nicht schenken lassen –, aber meinen kleinen Bruder hätte sie gern, wenn er nicht schreit und sich nass macht. Die Wohnung gehört auch meiner Mutter, Tante Millie gehört gar nichts. Aber sie schimpft, wenn ich was kaputt mache, und will mich erziehen und verklatscht mich immer, es ist eine Qual.

Ich weiß nicht, wie das mit dem Heiraten ist. Meine Freundin Elli Puckbaum sagt, da müsste man sich vor einem fremden Mann nackt ausziehen. Ich kann es nicht glauben, ich würde mich furchtbar genieren, und Elli Puckbaum will auch lieber eine Braut des Himmels werden –, da braucht man so was bestimmt nicht, sondern wird sogar eingekleidet.

Jetzt hat mir unsere Elise etwas furchtbar Wichtiges

erzählt, nämlich dass Tante Millie lauter Männer vom Stadt-Anzeiger bekommt. Keiner darf es wissen, Tante Millie hält alles geheim, aber Elise weiß alles und freut sich auf die Männer, wir halten beide den Daumen, dass sie uns Tante Millie fortnehmen. Und sie hat der Zeitung geschrieben: »Herzenswunsch. Jugendliche Vierzigerin, Frohnatur, Junotyp, warmes, tiefes Gemüt, naturliebend, brünett, mit kleinem Vermögen, will sonnige Innigkeit tragen in das einsame Dasein eines reinen Idealisten in gesicherter Position.« Elise sagt, es wäre ihr schleierhaft, dass eine mufflige Zänkerin sich für eine Frohnatur halten könnte, aber vielleicht würde sie sich ändern in Gegenwart von Männern und ganz süß sein und sonnig, bei Frauen wäre ja alles möglich.

Elise will auch, dass Tante Millie aus dem Haus kommt, weil sie gemein kontrolliert wird von ihr und hin und her gejagt, darum liest sie heimlich die Briefe, die von den Zeitungsmännern kommen, und erzählt es mir, und ich erzähle es Herrn Kleinerz von nebenan, und Herr Kleinerz erzählt es meiner Mutter, und meine Mutter erzählt es meinem Vater. Keiner glaubt, dass ein Mann Tante Millie will, aber das ganze Haus ist in rasender Unruhe und Aufregung. Immerzu kauft Tante Millie Blusen und Schleifen und Kragen und neue Senkfußeinlagen.

Jeder musste merken, dass was Komisches los war mit Tante Millie, und dann hat sie meiner Mutter auch alles erzählt, weil nämlich der Herr Lothar Broselius nachmittags zu einer ausgemacht schicklichen Zeit zu uns kommen wollte, um Tante Millie kennenzulernen von Auge zu Auge und Mund in Mund. Er hatte auch an Tante Millie geschrieben und war ein idealer einsamer Witwer, vollkommen rüstig und tief veranlagt. Elise musste reinen Bohnenkaffee kochen ohne Zusatz, und die Flasche Edelcognac wurde aus dem Büfett geholt, wobei mir Angst wurde.

Meine Mutter hat nämlich die Flasche Edelcognac immer aufgehoben und zurückgestellt für besondere Zwecke. Aber da war schon mal ein besonderer Zweck gewesen durch Onkel Halmdach. Der kam mal zu uns, keiner war da, nur ich. Immer, wenn er kommt, fragt er: »Habt ihr nichts Vernünftiges zum Trinken da?« Meine Mutter und Tante Millie wollen nie, dass er was kriegt. Aber da hat der Onkel Halmdach mir versprochen, abends mit mir in einen richtigen großen Zirkus zu gehen –, er darf ja überall hingehen, weil er für die Zeitungen zeichnet. Und einen Fußball wollte er mir schenken und das gemeine Fräulein Löwenich aus unserer Straße mit einer Teufelsmaske erschrecken. Ich wollte auch, dass der Onkel Halmdach mit mir spielen sollte und nicht fortgehen, und darum habe ich dann heimlich die Flasche Edelcognac aus meiner Mutter ihrem Büfett geholt, sie war auch schon geöffnet, und ein Glas war zur Probe draus getrunken worden, und der ganze Cognac war viele Jahre älter als ich. Ich wollte den Onkel Halmdach auch nicht alles trinken lassen, aber er hat einfach alles getrunken, ich bekam solche Angst. Wir haben dann noch zusammen laut und kunstvoll gesungen: »Wenn im Walde – die Heckenrosen blühn, die Heckenrosen blühn ...« Und dann habe ich in meiner Verzweiflung kalten Tee aus der Küche in die Flasche gefüllt, der hat ja dieselbe Farbe wie Cognac, und habe die Flasche wieder ins Büfett gelegt.

Nun wurde diese Flasche für den Herrn Lothar Broselius auf den Tisch gestellt –, wie sollte das gut gehen? Narzissen kamen auch auf den Tisch, Tante Millie wischte hundertmal Staub von allen Möbeln. Elise sagte auch gleich: als wenn ein Mann danach guckte! Nur Frauen tun so was Gehässiges.

Tante Millie zog ihr dunkelblaues Seidenkleid an – meine Mutter sagte: ja, das wäre vorteilhafter für sie als das Geblümte. Da sagte Tante Millie: meine Mutter wollte sie ja nur alt machen –, und sie zog das Dunkelblaue aus und das Geblümte an. Und dann wieder das Geblümte aus und das Dunkelblaue an –, immerzu hin und her. Nachher weinte sie, der große Spiegel im Schlafzimmer von meinen Eltern wurde blind von oben bis unten, so atmete Tante Millie ihn an, meiner Mutter zitterten die Hände, ich sollte aufhören zu pfeifen –, es klingelte, da schrien alle auf wie verrückt, und Elise sollte schnell noch einen weißen Spitzenkragen bügeln und gleichzeitig die Tür aufmachen. Ich wollte es tun, aber da kreischten sie los: ich sollte mich unter allen Umständen fernhalten, jedes keimende Glück wäre durch meine Gegenwart gefährdet.

Da habe ich denn im Wohnzimmer neben dem Salon am Schlüsselloch rumgelauert. Weil ich doch wissen musste, wie das mit dem Edelcognac wurde und ob wir Tante Millie loswerden würden.

Elise ging aufmachen, im Schlafzimmer hörten sie auf zu schreien. In den Salon kam ein runder Mann mit ganz kleinen Beinen –, wo sein Bauch aufhörte, waren auch schon sofort seine Füße. Er rieb seine Hände und guckte ruhig auf das Bild an der Wand, das Onkel Halmdach mal von mir gemalt hat, darauf sehe ich aus wie meine Mutter, wenn sie aussähe wie ich. Es wäre nicht aufgefallen, er hätte schnell heimlich was von der Schlagsahne auf dem Tisch nehmen können, aber der runde Mann war vollkommen artig. Sein Haar war grau und sauber gestriegelt und sein Gesicht rot und glatt wie eine Tomate. Hirschzähne hingen ihm unter der Weste vor, die interessierten mich immer, ich hätte sie gern von Nahem gesehen.

Tante Millie kam rein, der runde Mann wachte auf, in sein Gesicht schien die Sonne. Das geblümte Kleid hatte Tante Millie an, mit der Hand hielt sie ihren Busen fest, der ist so dick wie ein Fesselballon. Der rote Mann pustete seinen Atem aus der Nase wie eine Lokomotive, Tante Millie machte ein Gesicht wie die Fee im Weihnachtsmärchen vom Schauspielhaus, wenn sie den Kopf auf den knieenden Prinzen neigt, um ihm behilflich zu sein.

Und sie haben gesprochen von Kaffee und Kuchen und dass Herr Broselius ein Delikatesswarengeschäft hatte, jetzt hat es sein Schwiegersohn. Er sagte, die äußere Erscheinung von Tante Millie sagte ihm zu. Ein Mann in gesetzten Jahren hätte gern was ruhiges Rundes, nicht sowas Wibbeliges. Und er sagte, Tante Millie würde sicher die Natur lieben wie er. Nicht so lange schweißtreibende Wanderungen, sondern Stunden des Behagens auf der Rheinterrasse mit Konzert im Freien, darin wäre er Idealist und kennte alle Opern. Seine verstorbene Frau hätte eine leidenschaftliche Schwäche für Wagner gehabt, sie war nämlich auch so stattlich dick gewesen wie Tante Millie. Und vielleicht könnten sie nächstens mal gemeinsam ein Maibowlchen in der Waldschänke trinken.

Alles habe ich genau gehört, und dann schenkte Tante Millie sich und dem Herrn Broselius ein Gläschen von dem Edelcognac ein –, mir klopfte das Herz. Aber alles ging gut. Denn Tante Millie trank gar nicht richtig, und Herr Broselius trank nur mal einen Schluck und zuckte zusammen und sagte kein Wort und ließ den Rest stehen. Alle haben daraufhin später gesagt, die Mäßigkeit dieses Mannes hätte den denkbar besten Eindruck gemacht, und die Flasche Edelcognac mit dem Tee drin haben sie wieder ins Büfett gelegt, weil Cognac nämlich besser liegen muss.

Es hätte ja alles so wunderbar werden können mit dem Herrn Broselius. Tante Millie wären wir vielleicht glatt losgeworden, aber da kamen nun diese Fotografien von Boris Castor. Elise wusste natürlich sofort Bescheid. Da hat doch ein junger Mann an Tante Millie geschrieben von ungarischer Abstammung und mit tiefem musikalischen Gefühl und einem furchtbaren Schicksal ohne verstehende Menschenseele. Tante Millie hat ihm wieder geschrieben, er hat Tante Millie wieder geschrieben und Fotografien von sich geschickt mit schwarzen Locken, ganz blass im Gesicht und mit riesenhaft großen Quellaugen. Keinen Broselius wollte Tante Millie mehr und nichts, nur noch diesen Boris Castor.

Bei meiner Mutter hat Tante Millie geweint und geschrien: der Herr Broselius wäre ihr zu roh und zu alt, ein anderes Schicksal wäre ihr beschieden an der Seite eines Feinfühligen. Und er hätte ihr geschrieben, dass aus ihren Briefen die jugendfrische Seelenstärke einer Achtzehnjährigen spräche, und darauf käme es ihm an. Man missgönnte ihr jedes Glück, schrie Tante Millie, und neidische Augen lauerten um sie herum. Und sie sähe viele Jahre jünger aus als meine Mutter, weil sie ja geistig und körperlich jahrelang nicht durch eine Ehe aufgerieben worden wäre. Und neulich hätte sie vorm Agrippina-Kino gestanden, haargenau könnte sie die Stelle angeben als Beweis –, da wär ein Mann auf und ab gegangen an ihr und hätte gesungen: »Mädel, süßes Mädel, du« – und hätte Blicke dabei auf Tante Millie geworfen, die unverkennbar gewesen wären. Und am Samstagnachmittag würde sie Herrn Boris Castor treffen, keine feindlichen Verwandten und keine Gewalten der Natur könnten sie davon zurückhalten.

Elise hat gewusst, dass sie Boris Castor im Prinzenhof treffen wollte, und sie hat gesagt: nie würde ein bildschöner junger Mann die Tante Millie nehmen.

Ich wollte so sehr, dass er sie nimmt, und Hänschen Lachs war auch dafür aus Freundschaft und weil wir den Hordenschwur geleistet hatten und weil Tante Millie uns am Montag verklatscht hat, weil wir auf der Wiese hinter unserem Garten mit Engländern Fußball gespielt haben statt Aufgaben zu machen.

Und darum haben wir den Plan gemacht, Hänschen Lachs und ich. Hänschen sagte nämlich, wir müssten Tante Millie einen Reiz anlegen, weil sie alt ist und fett und gar nicht schön, auch mit den neuen Dauerwellen nicht. Und da konnte sie nur einen Reiz für Boris Castor bekommen als Fürstin. Lachsens kennen eine Fürstin, die ist auch nicht schön, aber immer, wenn ein Mann tot war, hat sie einen neuen bekommen. Herr Kleinerz hat auch gesagt: »Eine Fürstin zieht immer noch.«

Am Samstagnachmittag sind Hänschen Lachs und ich zum Prinzenhof gegangen und haben ihn beschlichen. Am Fenster haben sie gesessen –, Tante Millie und der blasse Mann mit den Quellaugen. Tante Millie sah vollkommen gekocht aus, ihre Haare standen wild und wie rasend. Der Mann aß eine gebratene Ente und sprach dabei und guckte weinerlich.

Hänschen Lachs ging, unseren Plan auszuführen. Gleich gegenüber in das Telefonhäuschen auf dem Rudolfplatz. Er hatte es lange geübt, mit starker strenger männlicher Stimme zu sagen: »Ich bitte, die Fürstin Millie von Kaltweiß an den Apparat zu rufen –, Fürstin Millie von Kaltweiß.« Tante Millie heißt Kaltweiß, natürlich würde sie zum Telefon gehen, wenn sie ausgerufen würde. Mein Vater geht auch immer, wenn er in einem Restaurant telefonisch verlangt wird. Und der Boris Castor würde glauben, Tante Millie wäre heimlich eine Fürstin und hätte es ihm nicht gesagt, um seine wahre Liebe zu erproben. Nämlich Elise hat in einem Roman gelesen vom Dollarprinzesschen und seinen Jägern, die wollten sein Geld, es war am Rande der Verzweiflung und kleidete sich arm und durchlöchert, ein blonder Chauffeur erbarmte sich liebend und dachte, sie wäre ein schlichtes Bettlermädchen –, aber durch die durchlöcherte Kleidung sah er doch das bessere Geheimnis von ihr schimmern und erkannte es, weil er selbst in Wirklichkeit auch ein Herzog war.

Bestimmt würde Tante Millie nachher zu Boris Castor sagen, sie wäre keine Fürstin –, aber er würde denken, sie wäre doch eine. Und alle Leute im Lokal würden auf Tante Millie gucken, wenn sie ausgerufen würde, und sie schön finden als stolze wilde Fürstin.

Am Telefon wollte Hänschen Lachs zu Tante Millie sprechen mit verstellter Stimme wie ein Orakel. Er hat dafür eine Stelle aus einem Buch auswendig gelernt: »Das Gift des Affenmenschen«. Da wird ein zitterndes Mädchenherz nächtlich durch dunkle Rufe gewarnt: »Achtung, Achtung – wanke nicht, Holde, die Rettung naht – auf weißem Zelter reitet das Glück, doch hüte dich vor der sinnbetörenden Süße des rot flammenden Mohns – meide das Truggift in jeder Gestalt.«

Ich drängelte mich am Eingang vom Prinzenhof rum, furchtbar lange. Endlich rief ein Kellner: »Durchlaucht Fürstin Millie von Kaltweiß«, und rief nochmal, es war herrlich. Ich habe selbst fast geglaubt, Tante Millie wär eine Fürstin, als sie so wunderbar zur Telefonzelle ging. Alle guckten, ich war ganz glücklich, bald würden sie heiraten –, Tante Millie und Boris Castor.

Ich dachte gerade: Jetzt ist Hänschen wohl bei der sinnbetörenden Süße des rot flammenden Mohns –, da überraschte mich der Boris Castor in Hut und Mantel. »Kleine«, sagte er und rannte und zog mich mit an der Hand –, nie würde ich mich hauen lassen von Tante Millies Männern, gegen die Schienbeine würde ich sie treten. Aber er wollte nicht hauen, drei Groschen gab er mir aus der Manteltasche und redete in Hast und zog mich weiter: »Kleine, sage der dicken Dame, am Fenster sitzt sie und telefoniert gerade, eine Tasse Kaffee trinkt sie und hat ein geblümtes Kleid an –, sage ihr, dem Herrn wäre schlecht geworden, Malariaanfall, tritt immer wieder auf, von den Tropen, sie sollte nicht warten.« Fort war er.

Erst haben wir in einem Zigarrenladen zehn Pfennig gewechselt, Hänschen Lachs und ich. Dann haben wir ein sehr schmutziges kleines Kind hinter der Selterwasserbude am Rudolfplatz gefunden und ihm fünf Pfennig gegeben und ihm gezeigt, wo Tante Millie sitzt, und es sollte sagen, der Herr hätte einen Anfall von Tropen bekommen, sie sollte nicht warten.

Dann gingen wir Eis essen, die Unkosten von dem Automatentelefon hatten wir ja nun auch wieder einbekommen. Nichts konnten wir mehr verstehen auf der Welt –, warum war er fortgelaufen? Vielleicht würde er wiederkommen? Vielleicht war Fürstin zu wenig, und wir hätten glatt eine Königin aus Tante Millie machen müssen?

Und dann kam ich abends nach Haus, und es war ein Krach –, ich hätte es nicht für möglich gehalten. Tante Millie hatte auch einen Anfall, schlimmer als der blasse Mann –, alle sagten, ich steckte dahinter. Erst sagte ich: so was von mir zu denken, war eine glatte Gemeinheit. Dann haben sie ihre Fragen in mich reingebohrt –, immer mehr, immer mehr, auf einmal wussten sie alles. Tante Millie schrie, ich hätte ihr Lebensglück zerstört, die Nerven von meinem Vater zerrissen, meine Mutter hielt dieses Leben nicht mehr aus. Und was tun Erwachsene, wenn sie vor lauter Wut und Ärger nicht mehr wissen, wohin? Sie verhauen ein armes Kind. Der Herr Kleinerz kam und sagte, Tante Millie hätte allen Grund, mir dankbar zu sein, aber das nützte gar nichts. Tante Millie schrie, dieser Boris Castor wäre die zarteste Edelnatur und abgeschreckt, weil er dachte, sie hätte gemein und plump und hochstaplerisch aufschneiden wollen. In den Tropen hätten seine Nerven gelitten –, die Enttäuschung über sie, die Lügnerin, und die Erschütterung darüber hätten den Anfall von Malaria gebracht, – und jetzt würde der arme Mensch verzweifelt umherirren –, »sogar vergessen hat er, die Ente zu bezahlen, wer macht mir den Schaden wieder gut?« »Ein munterer Zechpreller«, rief Herr Kleinerz, und Tante Millie schrie, Herr Kleinerz wäre ein Rohling. Ein Todkranker, halb schon im Jenseits, könnte was Menschliches schon mal vergessen, schuld an allem wär ich.

Dann kam Onkel Halmdach, sofort sagte mein Vater: »Du hast ja schon wieder einen sitzen!« Dem Onkel Halmdach wurde auch noch mal alles erzählt. Ich zitterte, dass er die Sache mit dem Cognac vergessen hätte und welchen verlangen würde. Aber Gott sei Dank kriegte er gleich ein Glas von dem Mosel, mit dem mein Vater gerade seine Nerven beruhigte.

Tante Millie nahm Pillen ein und weinte: nie käme sie drüber weg, als Aufschneiderin dazustehen vor einem schlichten bescheidenen Menschen, der riesenhafte Liegenschaften in Ungarn liegen hat, ohne jemals kaum eine Andeutung darüber zu machen. Und ich wäre kein Kind, sondern der leibhaftige Teufel.

Da hat Onkel Halmdach auf den Tisch gehauen, um mich zu trösten. Und er hat versprochen, mir einen von den jungen Panthern aus dem zoologischen Garten zu schenken, die ich so wahnsinnig gern hätte. Aber von allem, was er mir verspricht, kriege ich ja fast nie was.

Er hat mir aber dann heimlich auf dem Flur einen Rat gegeben als richtiger Erwachsener und als Arbeiter von Zeitungen, der Bescheid weiß mit allem. Er sagte, die Sache mit der Fürstin wäre wahrscheinlich ein Fehler gewesen. Und statt die Fürstin Millie von Kaltweiß an das Telefon bitten zu lassen, sollten wir das nächste Mal einfach die Genossin Kaltweiß verlangen.

Genossin Kaltweiß. Ich werde es mir merken. Hänschen Lachs und ich werden es tun, wenn sie noch mal einen Mann trifft. Vielleicht kann man auf diese Weise noch mal alles gutmachen.

EINMAL WAR ICH WUNDERKIND

Schuld an der ganzen blödsinnigen Geschichte waren zuerst mal Unmengen von kandierten Früchten aus meiner Mutter ihrem Büfett. Ich esse sie wahnsinnig gern, aber sie bekommen mir nie so richtig. Ich musst auch gleich wieder sieben Tage im Bett liegen und leiden und mich langweilen, und mit Hänschen Lachs habe ich mich auch gezankt, als er mich besuchen kam und wir delphisches Orakel spielten. Wenn ich nämlich meine Hände oder ein Kissen ganz fest vor mein Gesicht und an meine Augen drücke –, dann erscheinen mir flammende Sterne, kleine und große, und bunte glühende Sonnen verwandeln sich in rasende Zacken, die herrlichsten Farben kann ich sehen, wie es sie nur im Himmel gibt. Ich erzählte es Hänschen Lachs, und da sollte ich gleich das delphische Orakel sein. Hänschen Lachs kam mit den Schweinwaldskindern, auf einem Tablett brachten sie Holzkohle, die hatten sie unserer Elise aus dem Bügeleisen geklaut, und stellten die Schweinerei vor mein Bett und zündeten die Holzkohle an, damit ich durch den Qualm richtig orakelhaft benebelt würde. Dann drückte ich ein Kissen vor meine Augen und musste singend verkünden, was ich sah –, und Hänschen Lachs deutete die Zeichen und deutete höhere Befehle heraus, nämlich dass er und die Schweinwalds noch am selbigen Tag zum Alter Markt müssten und dort Hänneschentheater spielen. Es ärgerte mich furchtbar, dass sie damit ohne mich anfangen wollten, geplant hatten wir die Sache gemeinsam schon lange, um Geld zu verdienen, und wir hatten Puppen genäht und eine Bühne gezimmert und wunderbare Stücke eingeübt, die Leute würden staunen –, und Hänschen Lachs und ich wollten immer abwechselnd mit dem Teller sammeln gehen, später würden wir mit dem Unternehmen vielleicht durch die ganze Welt reisen. Es ärgerte mich natürlich, dass sie jetzt ohne mich anfangen wollten und ich nur das Orakel sein sollte. Und dann sagte Hänschen noch vor den Schweinwaldskindern, ich als Orakel wäre nur ein minderwertiges Werkzeug –, das wirklich Hohe wäre er als Deuter. Das war mir zu dumm, und darum verkündete ich mit singender Stimme: »Hänschen Lachs ist ein gemeines Schwein.« Richtig hauen konnten wir uns leider nicht, weil ich ja krank im Bett lag, Hänschen Lachs rannte wütend fort, die Schweinwaldskinder hinterher, die stinkende qualmende Holzkohle ließen sie da, und mir wurde schlecht.

Als ich wieder in die Schule musste, gab mir meine Mutter einen Entschuldigungsbrief mit an unsere Klassenlehrerin, das Fräulein Schnei. Fräulein Schnei guckte den Brief gar nicht weiter an und warf ihn nur einfach ganz schnell in die Kathederschublade. Darüber musste ich immerzu nachdenken.

Weil ich durch den Krach mit Hänschen Lachs kein Geld mit Hänneschenspielen verdienen konnte, und weil bald Ostern war, wollte ich andere Geschäfte machen und meine alten Schulbücher an ein Kind aus der Klasse unter mir verkaufen. Zu Hause durften sie das nicht wissen, ich habe einfach gesagt: ich würde immer so gern noch mal in den alten Schulbüchern lesen und lernen und sehen, ob ich nichts vergessen hätte. Das fanden sie gut, aber sie konnten es nicht fassen und nicht richtig glauben.

Furchtbar lange verhandelte ich schon wegen der Schulbücher mit Mütti Kugel aus der Klasse unter mir, das ist das dümmste Kind, das man sich vorstellen kann. Immer denkt sie, sie würde nicht versetzt zu Ostern, und hat darum Angst, sich von ihrer Mutter Geld geben zu lassen für Schulbücher, die sie im nächsten Jahr brauchen würde, dabei verkaufe ich ihr die Sachen wirklich denkbar billig. Sehr schön sehen die Bücher ja nicht mehr aus, und jeder Mensch weiß, dass Mütti Kugel niemals versetzt wird. Aber mit aller Kraft rede ich ihr ein, sie würde doch versetzt –, um sie zu trösten und um die Bücher zu verkaufen. Dem Herrn Kleinerz von nebenan habe ich alles erzählt, und er hat gesagt, es schiene ihm leichter, einer Äbtissin Herrenbeinkleider zu verkaufen, als mit Mütti Kugel ins Geschäft zu kommen. Ich verstehe jetzt auch manchmal, dass mein Vater es schwer hat als Kaufmann.

Es war so wahnsinnig schwer, eine Anzahlung von

Mütti Kugel zu bekommen –, ich war schon vollkommen überanstrengt, wie mein Vater es auch manchmal ist. Wenigstens hatte ich etwas Geld und suchte gleich nach meinen beiden besten Freundinnen. Wir hatten alle drei heute Vormittag so furchtbaren Ärger gehabt, Gretchen musste richtig weinen, und wir mussten sie trösten. Siebenundzwanzig Fehler hatte sie im französischen Diktat, das machte ihr nichts weiter aus. Aber sie sollte das Heft morgen wiederbringen mit der Unterschrift von ihrer Mutter –, und da war sie so idiotisch gewesen, nicht sofort zu sagen, ihre Mutter wäre leider auf einer Nordlandfahrt. Darum weinte Gretchen.

Wir hatten da nämlich unter uns schon lange alles richtig ausgemacht. Furchtbar oft schon mussten wir unsere Eltern in die Schule bestellen, und dann kam dabei heraus, dass die Lehrerinnen über uns ganz gemein schimpfen, und wir hatten dann zu Hause nichts als widerlichen Ärger. Darum haben wir einfach unsere Eltern ein hochinteressantes Leben führen lassen, so wie es die feine Frau von Krahwald unter uns tut. Wir haben einfach immer den Lehrerinnen ganz traurig gesagt, unsere Eltern reisten immerzu in der Welt rum. Wir ließen sie immer möglichst weit fort sein, wo sie nicht so schnell wiederkommen konnten. Vieles wussten wir ja aus der Erdkunde, und dann hat Herr Kleinerz mir immer geholfen. Elli Puckbaum, Gretchen und ich haben die Länder immer ganz gerecht aufgeteilt. Furchtbar lange Zeit ließ ich meine Eltern in Ägypten sein, und Elli sagte: ihr Vater nähme an einer gefährlichen Expedition durchs Innere Südamerikas teil.

Für Gretchen hatten wir extra eine Nordlandfahrt aufgehoben –, und da hat sie vergessen, sie anzuwenden. Natürlich musste Gretchen mit den Nerven vollkommen runter sein, unsere Mütter sind es auch oft. Elli und ich waren auch mit den Nerven runter, darum wollten wir auch mal ausspannen wie Erwachsene. Weil ich das Geld von Mütti Kugel hatte, konnten wir ja schließlich mal vormittags in Monattos Eisstube sitzen statt in der Schule. Und darum haben wir denn die alten Entschuldigungsbriefe von unseren Eltern aus Fräulein Schneis Katheder heimlich rausgesucht. Gretchen war in diesem Schuljahr mal einen Tag lang krank gewesen und Elli mal zwei Tage lang. Und von meiner Mutter war auch noch ein Brief da, in dem sie mich für zwei Tage wegen Erkältung entschuldigte.

Furchtbar aufregend und wolkig und grau war der Vormittag, den wir in Monattos Eisstube verlebten. Zitrone mit Nuss haben wir gegessen, viele, viele Portionen. Und Himbeer-Vanill, das ess ich am liebsten. Die andern alle in der Klasse schrieben an einer fiesen Rechenarbeit, nie hätte ich sie gekonnt. Wir haben laut und höhnisch gelacht, weil wir nicht mitschreiben brauchten, und haben unsere Schulranzen glatt auf den Boden geworfen und als Fußbänke benutzt.

Am nächsten Tag musst ich mit Elli allein schwänzen, weil Gretchens Entschuldigungsbrief ja abgelaufen war. Wir hatten gar kein Geld mehr, um Eis zu essen. Auf der Hängebrücke haben wir gestanden und gefroren und immerzu runter in den Rhein gespuckt. Wir hatten furchtbar Angst, dass alles rauskommen könnte, und haben idiotischerweise unsre Entschuldigungsbriefe aus den Ranzen genommen und tausendmal geguckt, ob Fräulein Schnei es merken würde, dass wir von den Briefen oben das Datum von damals abgeschnitten hatten.

Ganz groß und wild ist der Rhein geflossen, vom Brückenpfeiler aus ist neulich ein Mann reingesprungen –, ob ich das auch könnte, hat mich Elli gefragt. Ich wusste es nicht, ich hatte Lust, runterzufallen, später wollt ich mal springen, ich hatte Angst –, ich träumte mich ganz schwindlig runter ins Wasser –, grau und kalt und böse sah es aus ohne Sonne und Liebe und – »Vater unser, mein Brief ist fort«. Ich hab geschrien, mein Brief schwamm im Rhein. Ich habe ihn fallen lassen –, nicht mit Absicht und doch mit Absicht. Ich dachte, Furchtbares ist auf der Welt, wenn der Brief fort ist –, ich dachte, Furchtbares ist mit mir, und da wollte ich, dass der Brief runterfiel von der Brücke, und wollte es auch nicht. Und ich dachte auch, alles wird anders um mich und interessant und warm, wir würden nicht mehr frieren und uns langweilen auf der kalten Brücke, sondern furchtbar aufgeregt sein. Ich weiß nicht, warum ich es getan habe –, ich wollt es auch gar nicht richtig tun und ich war ja dann selbst sehr erschrocken, aber auch froh. Aber nie könnte ich Elli sagen, dass ich es mit Absicht getan habe. Sie dachte, es wäre ein Unglück. Ich habe mich geschämt und kam mir so unanständig vor und weiß nicht, warum.

Erst dachten wir, ich wäre verloren. Aber im Katheder vom Fräulein Schnei lag ja noch der Entschuldigungsbrief von meiner Mutter – von damals, als ich wegen der Unmassen von kandierten Früchten sieben Tage fehlen musste. Ich war gar nicht mehr so unanständig und froh und hatte nur noch richtige Angst und wollte, dass nichts rauskäme. Elli und Gretchen würden mir morgen nach der Schule den Brief von den sieben Tagen bringen, und ich würde die sieben Tage abschwänzen müssen –, es blieb nichts anderes übrig.

Mein Leben war gar nicht mehr schön, jeden Morgen musst ich mit meinem Schulranzen pünktlich von zu Haus fortgehen, damit nichts auffiel. Immer bin ich in Stadtgegenden gewandert, die weit fort waren von der Schule, um nicht gesehen zu werden. Meine Füße wurden müde, es regnete immerzu. In hässlichen nassen Anlagen habe ich mich auf einsame Bänke gesetzt und wollte am liebsten weinen.

Und da ging ich mal am Wallraff-Richartz-Museum vorbei –, kommt mir da doch der Kaplan Höhn entgegen. Gott sei Dank ist er ein ganz frommer und strenger Mann mit nach innen gekehrtem Blick, der das Treiben der Straße nicht wahrnimmt. Darum konnt ich noch schnell ins Museum fliehen, bevor er mich gesehen hatte.

Ich fühlte mich ein bisschen unheimlich, noch nie war ich nämlich in einem Museum gewesen, aber ich wusste genau, dass man da herumgehen kann und sich alles angucken muss wie in alten Schlössern. Ich wurde dann auch froh, dass ich nicht mehr im Regen rumlaufen brauchte, jeden Tag wollt ich in das Museum fliehen.

Erst war ich zu bang, die Treppen raufzugehen und lief einfach unten rum. Geldstücke waren da, ganze Haufen, aufgebaute Steine –, als wenn Knippers Rudi mit dem Baukasten gespielt hätte, sah es aus –, und langweilige Gläser und Krüge. Aber dann bin ich weitergegangen, und da sah ich etwas Ungeheures: einen Glassarg mit einer richtigen Mumie drin. Ein Buch haben wir gelesen, Hänschen Lachs und ich: »Das ewige Geheimnis der Sphinx«, da stand alles darüber drin, und nun wusste ich ja, dass in dem Buch die Wahrheit gestanden hatte, unsere Elise wollte es damals nicht glauben. Ich war furchtbar aufgeregt, noch nie in meinem Leben hatte ich so was Wunderbares gesehen.

Ein Wärter kam auf mich zu, meine Beine knickten zusammen vor Schreck. Ich dachte: Jetzt jagt er mich von der Mumie fort oder schreibt mich auf und zeigt mich in der Schule an, denn nichts Interessantes ist einem richtig erlaubt, und ins Kino dürfen ja auch keine Kinder. Der Wärter war aber freundlich und hat mich an den Haaren gezogen und mir von der Mumie erzählt: wie alt sie wäre, und warum sie die in Ägypten so eingewickelt haben. Ich sagte, sie hätte eigentlich Ähnlichkeit mit Fräulein Biernack, meiner Klavierlehrerin, und der Wärter meinte auch, das wäre möglich. Neulich hätte er voll Todesschreck gedacht, die Mumie hätte sich selbständig gemacht und stünde neben ihrem eigenen Sarg und guckte da interessiert rein. Aber als er näher kam, sah er, dass die Mumie noch unterm Glas lag; die andere Mumie war eine alte Amerikanerin, die echte Mumie wäre längst nicht so schrumpflig gewesen. Dann zeigte der Wärter mir auch ein paar Bilder, die wären furchtbar teuer gewesen und würden von Menschen aus aller Herren Länder bewundert. Ich fand aber, die Bilder wären doch gar nichts gegen die Mumie, und der Wärter sagte, die wäre auch besonders schön.

Am nächsten Tag bin ich sofort zu der Mumie gegangen und zu den beiden Skelettgräbern, die mir der Wärter auch gezeigt hatte. Die Toten in den Skelettgräbern haben ein Geldstück mitbekommen für die Reise ins Jenseits. Dabei braucht man im Himmel gar kein Geld, und in der Hölle wird es einem doch sicher abgenommen. Viel richtiger wäre es doch, Kindern immer etwas Geld mitzugeben.

Ich wanderte dann mal nach oben, wo es »Alte Abteilung« heißt. Bilder, Bilder, Bilder. Lauter blutige Heilige –, tausendmal hatte ich sie schon in der Kirche gesehen. Bunt waren die Bilder ja schon, aber gar nicht schön. Nur »Der heilige Antonius von Dämonen gepeinigt« war interessant, aber doch längst nicht so wie die Mumie.

Als ich wieder runter zur Mumie wollte, kam ich in einen kleinen Saal, und da sah ich ein großes schreckliches Bild, das heißt »Das Weltgericht«. Da waren auf der einen Seite lauter schöne nackte Mädchen mit gelben kringeligen Haaren, die wurden von Engeln in eine Kirche geführt –, und auf der anderen Seite waren ganz furchtbare Teufel und Drachen, die zwackten grünliche riesig fette Menschen. Im Bauch hatten die Teufel noch mal ein Gesicht mit widerlichen roten Zungen. Ich hatte ja solche Angst: Heilige Gottesmutter, wenn ich jetzt stürbe, würden mich die Teufel mit den feurigen Krallen holen, kein einziger Engel würde mir helfen –, ich war ja so sündig. Am liebsten hätte ich gleich gebeichtet und Buße getan und immerzu Reue und Vorsatz gebetet. Ich musste weinen, weil ich so furchtbar viel Gutes wollte. »Oh, so sehen Sie dieses Kind –, wie ergriffen von der Kunst«, sagte da auf einmal hinter mir eine Stimme ganz laut und hart und in gebrochenem Deutsch.

Ich war so erschrocken, ich drehte mich rum, ganz schnell –, eine alte Dame stand vor mir, wie eine Engländerin sah sie aus, am Sonntag auf dem Rheindampfer ist auch so eine mit uns nach Königswinter gefahren. Neben ihr stand ein kleiner Mann mit weißen Pudelhaaren. Ich wollte an ihnen vorbeirasen, aber die Dame hielt mich fest. Sie streichelte mein Kinn, ich hätte sie am liebsten in die Hand gebissen. Ob ich so ein großes Interesse an der Malerei hätte? »Ja.« Immer fester hielt sie mich und sah mich an so mit Augen –, wie man Kinder in der Religionsstunde ansieht. Ich hatte gleich so ein dumpfes, ekliges Gefühl. Wenn sie mich doch losließe! Wie alt ich wäre? »Elf Jahre.« Da seufzte sie, und der pudelige Mann legte mir die Hand auf den Kopf, ich kann sowas nicht leiden. Ob ich malte? »Ja.« In der Zeichenstunde müssen wir doch alle malen. »Aha«, sagte die Dame, und der kleine Mann nickte. Und sie sagten, der Wärter hätt erzählt, ich wär gestern auch schon hier gewesen? »Ja.« Warum ich so scheu wäre und so zitterte, ob ich Sorgen hätte? »Lassen Sie mich doch los«, hab ich geschrien. Ich dachte, die Leute wären Teufel, die sich verwandelt hatten, um mich jetzt zu strafen und zu quälen. Dann sprach die Dame zu dem Herrn: ich wäre bestimmt ein Wunderkind, und mein Künstlerseelchen litte unter harten Verhältnissen und roher Umwelt. Da habe ich gemerkt, dass die Dame kein Teufel war, sondern mich bewunderte –, aber als sie mich fragte, wo ich zu Hause wäre, und sie wollte sich um mich kümmern –, da habe ich mich mit aller Kraft losgerissen und bin fortgelaufen.

Am Nachmittag rief mich meine Mutter ins Wohnzimmer. Ich konnte gleich an ihrer Stimme hören, dass was Unangenehmes los war. Es war aber nichts Unangenehmes los, etwas Grauenhaftes war los: Auf unserem Sofa saß die Dame aus dem Museum. Lieber, lieber Gott, hätte ich doch bloß nicht dem netten Wärter erzählt, wo ich wohnte und wie ich hieß. Mir war schlecht zum Übergeben, meine Beine konnten nicht mehr gehen, und meine Mutter fragte: »Die Dame sagt, sie hätte dich gestern und heute im Museum gesehen, wie kommst du denn da vormittags ganz allein hin?« Ich wollte sagen, ich wäre es nicht gewesen, aber ich hatte auf einmal überhaupt keine Kraft mehr. Ich sagte gar nichts. Ob ich denn Zeichnungen hätte, die Dame wollte Zeichnungen von mir sehen, fragte meine Mutter und erzählte, bis jetzt hätte ich ungezogenerweise nur immer hässliche Männchen auf die helle Schlafzimmertapete gemalt und im Zeichnen hätte ich immer eine Vier. Ich sagte gar nichts. Sie fragten mich, aber ich sagte gar nichts. Da seufzte die Dame: »Armes Kind«, und es wäre ein Verbrechen, ein Talent verkümmern zu lassen und zu unterdrücken. Als meine Mutter böse wurde, rief sie: ja, sie ginge jetzt, aber sie käme wieder.

Hätte ich dann doch nur meiner Mutter nicht gesagt, Fräulein Schnei hätte mir befohlen, in das Museum zu gehen! Immer mischen sich ja Erwachsene in die Angelegenheit von einem Kind, und natürlich telefonierte meine Mutter am Abend mit Fräulein Schnei, bevor ich noch das Telefon kaputt machen konnte –, ich hätte es getan, mir war ja schon alles egal. Und meine Mutter sprach, bis in meinen Bauch hinein hört ich die Stimme, sie tat mir weh: ich wäre ganz verstört, warum man so ein Kind mutterseelenallein ins Museum schickte, sie wäre empört darüber. »Wie bitte? Kein Kind ist ins Museum geschickt worden? Ja, aber …«

Ich wurde gefragt, gefragt, gefragt. Wie kann man als Erwachsener ein armes Kind nur so quälen. Hin und her wurde telefoniert –, mit Ellis Vater und Gretchens Mutter, und immer mehr kam raus, immer mehr. Die ganze Nacht konnte ich nicht schlafen, an die Mumie musste ich denken und an das schreckliche Weltgericht, und ob ich nicht vielleicht doch ein Wunderkind wäre, wie die Engländerin meinte, und nur von keinem Menschen verstanden würde. Ich dachte auch, wenn ich es ganz fest wünschte, würde ich vielleicht gleich sterben und brauchte den nächsten Tag mit allem Schrecklichen nicht zu erleben.

Aber ich musste den nächsten Tag erleben, und Elli und Gretchen mussten es auch. Wir saßen im Direktorinnenzimmer und weinten furchtbar. Gretchens Mutter war da und meine und der dicke Herr Puckbaum. Der lachte immer mal und machte furchtbar erschrockene Augen, wenn die Mütter ihn dann voller Empörung ansahen.

Dann kam die Direktorin mit Fräulein Schnei. Sie schlängelten sich gleich ganz gemein und hinterlistig an unsere Eltern ran, wir Kinder wurden gar nicht beachtet, aber das würde bestimmt noch kommen.

Es wurde schrecklich. »Vielleicht hat man die Kinder zu viel sich selbst überlassen –, Sie haben große Reisen hinter sich, gnädige Frau?«, fragte Fräulein Schnei. »In den Ferien war ich mit den Kindern in der Eifel«, antwortete meine Mutter. Ich dachte, alle würden hören, wie mein Herz klopfte. »Hoffentlich sind Sie mit dem Erfolg Ihrer Expedition zufrieden, Herr Puckbaum?«, fragte dann die Direktorin ganz süß. »Man kann et ja auch Expedition nennen«, sagte Herr Puckbaum. Er ist nämlich Weinreisender und spricht fast nur Kölsch. »E-ja, man kann et auch als Expeditiönchen bezeichnen.« Diese widerliche Direktorin hörte nicht auf zu fragen. »Hatten Sie Kämpfe mit Wilden?« Herr Puckbaum schlug sofort ganz fest mit der Faust auf den Tisch: »Da haben Se mal en wahres Wort jesagt, Fröllein –, dat sinn auch Wilde, dat sinn richtigjehende Wilde.« Es wurde immer schrecklicher und unheimlicher, Elli fing ganz laut an zu weinen. »Haben Sie reiches Material mitgebracht, Herr Puckbaum?« »E-nä«, sagte Herr Puckbaum, »dat künnt ich nit sagen nur en paar armsillige Aufträge –, wissen Se, im Hunsrück trinken die Leute lieber Bier.«

Alles kam raus, aber auch alles. Wir weinten furchtbar, unsere Mütter weinten auch. Herr Puckbaum sagte, er könnte das Elend nicht mehr mit ansehen, und ob er den Damen einen Cognac holen dürfte? Und man sollte doch Gnade für Recht ergehen lassen.

Sie haben gesagt, wir wären Verlorene, die in eine Anstalt gehörten, und viele Jahre brauchten wir, um das wiedergutzumachen. Sie haben gesagt, ich wäre das treibende Element gewesen, über eine vollkommen exemplarische Strafe würde noch nachgedacht, und wir sollten jetzt erst mal in unsere Klasse gehen.

Wir hatten keine Lust mehr zum Leben und wären vielleicht vor Kummer gestorben, niemand sprach mit uns, und nach Haus zu gehen, hatten wir auch Angst –, aber als die Schule aus war, kam der Herr Puckbaum uns abholen. Er sagte: »Nä-nä, Kinder, das ist ja schlimm mit euch Rabaue –, Elli, wenn du mich noch mal bei die Indianer nach Südamerika schickst, kannste was erleben, dann werd ich an dir zum Indianer –, und wenn ihr jetzt nicht mit Heulen aufhört! – kommt in die Konditorei, Kinder, en Tässchen Kakao trinken, ihr seht ja aus wie die Leichen.«

Wir durften jeder fünf Stück Sahnetorte essen, das hatten wir auch bestimmt nötig. Langsam wurde uns besser. Herr Puckbaum sagte, er wollte lediglich erzieherisch auf uns einwirken, und dann tat er es. Er sagte: alles käme davon, weil ich in das Museum gelaufen war, und weil die alte Quissel da mich für ein Wunderkind gehalten hätte. Ein schönes Rheinlied hätt was für sich –, alle übrige Kunst hätt was furchtbar Gefährliches an sich, da sollten wir uns man ja fern von halten. Er kennte viele, die ins Elend kamen, weil sie sich mit der Kunst befassten, und einen Vorgeschmack davon hätten wir ja heute selbst gehabt –, wir sollten uns diesen Tag eine Lehre sein lassen.

DIE GROSSE LEIDENSCHAFT

Am Abend kommt meine Mutter zu mir ins Zimmer und fragt mich: »Was machst du denn da?« »Wieso?«, sage ich, »was soll ich denn machen, ich mache gar nichts.« Ich war zu Tode erschrocken und tat meine Füße gleich unter die Bettdecke und auch das französische Lexikon, wo ich draufgespuckt hatte, um meine Fußnägel damit rot zu färben. Denn das Lexikon hat einen roten Einband, der abfärbt. Und ich möchte wahnsinnig gern so schön und elegant sein wie Rena Dunkel, besonders wo ich doch jetzt leidenschaftlich liebe. Rena Dunkel tut auch oft Farbe auf die Nägel. Ich leide sehr. Viele sind schon aus Liebe gestorben –, es ist ein Wunder, wenn alles gut geht.

Auf jeden Fall muss man immer gerüstet sein wie die alten Prinzessinnen des Orients, die oft glühend geliebt werden. Rena Dunkel hat Romane darüber. Und ich will morgen Nachmittag zu Theo Samander gehen und ihm sagen, dass ich nie in meinem Leben einen anderen Mann heiraten kann als ihn, denn ich liebe ihn. Ich habe wahnsinnige Angst, immerzu klopft mein Herz wie verrückt. Jeden Tag will ich zu ihm gehen – drei Wochen lang schon –, aber morgen tue ich es bestimmt. Ich muss es tun, denn ich habe Rena und Elli Puckbaum, meiner besten Freundin, geschworen: morgen würde ich das Größte von meinem Leben tun. Ich habe ihnen nicht so richtig gesagt, worum es sich handelt. Aber sie warten jetzt auf das Große, und einen Schwur muss man halten. Damit ich zuletzt nicht wieder bang werde, habe ich für mich allein meinen Schwur auf entsetzliche Art zurechtgestaltet, indem ich abends im Bett ganz fest sagte: Wenn ich morgen nicht zu Theo Samander gehe, dann fällt mir ein Auge aus meinem Gesicht – und meine Mutter wird mich kein bisschen mehr lieben – und mein Vater bekommt raus, dass ich sein Briefmarkenalbum, das er als späterer Junge sammelte, heimlich verkauft habe. Weil ich nämlich so furchtbar gern auch einmal Florstrümpfe haben wollte wie Gretchen Katz und Elli Puckbaum, und für mich werden immer nur so dicke gerippte Strümpfe gekauft von Tante Millie.

Jetzt habe ich den Schwur geleistet, und darum gehe ich morgen zu Theo Samander. Trotzdem ich eigentlich viel lieber von Weitem lieben würde.

Ich bin jetzt dreizehn Jahre alt geworden, da ist es ein Blödsinn und ein Verbrechen, mich immer noch als Kind zu behandeln. In drei Jahren darf ich erst heiraten, das ist noch lange hin, aber auch diese Zeit geht vorüber. Ich werde mit Theo Samander zusammen warten. Gestern erst trafen die Elli und ich im Hohenstaufenbad Lydia Grohmann. Das ist ein Mädchen, das manchmal mit uns spricht, trotzdem es zwei

Klassen über uns ist. Und das sagte: um unsere Entwicklung brauchten wir uns gar keine Sorgen zu machen, wir hätten schon Ansatz von Busen.

Mit der Elli habe ich überlegt, wie nun eigentlich das Heiraten und die leidenschaftliche Liebe zusammenhängen, und ob das wohl mit dem Kinderkriegen was zu tun hat. Die Sache mit dem Kinderkriegen ist uns noch nicht ganz klar, aber wir glauben nicht, dass es mit wahrer Liebe was zu tun hat. Wir wollten mal heimlich im Herrenzimmer bei Puckbaums alles lesen. Gretchen Katz hatte nämlich gesagt, sie hätte gehört von ihrem Vetter: im Lexikon stünde alles darüber drin. Also haben wir das Wort Kinderkriegen im Lexikon gesucht –, aber natürlich hat Gretchen sich von ihrem Vetter zum Geck halten lassen –, das Wort Kinderkriegen steht überhaupt nicht drin.

Mit Liebe wird das jedenfalls bestimmt nichts zu tun haben. Ich habe ja wirklich genug gelesen in Büchern und Theaterstücken und weiß: Liebe bedeutet, einander fest umschlungen halten. Und das will ich auch tun. Manchmal wird man auch mit glühenden Küssen bedeckt, das hätte ich nicht sehr gern. Zu Weihnachten muss ich immer alle eingeladenen Verwandten küssen, und sie küssen mich. Ich werde dann so eklig nass im Gesicht und laufe raus aus dem Zimmer, um mich schnell abzuwischen. Im Zimmer denken sie dann, ich wäre ergriffen –, und das bin ich auch. Trotzdem wische ich. Es wäre mir aber jetzt bedeutend lieber, wenn ich Theo Samander leidenschaftlich lieben könnte ohne glühende Küsse.

Ich möchte auch für ihn sterben und ihm große Opfer bringen, und am liebsten möchte ich ihn retten. Das Schönste wäre, wenn ich ihn aus einem brennenden Haus rausholen könnte –, er ist dann in Sicherheit, aber mein Kopf wird noch von dem letzten stürzenden Balken getroffen, worauf ich das Bewusstsein verliere und alle schluchzend um mich rumknien. Ich male mir das manchmal nachts im Bett aus.

Ich möchte auch weinen bei ihm und immerzu sagen, wie schlecht ich oft bin –, ich träume, dass er seine Hand dann auf meinen Kopf legt und mich raufzieht zu sich und an sich ran und mich tröstet über mich. Das mit dem Trösten ist bestimmt am allerschönsten. Wenn ich daran denke, muss ich weinen. »Wer so weint wie du und so unglücklich ist, ist ein edler Mensch«, wird er sagen und vollkommen erschüttert sein, und ich liege in seinen Armen. Er will mich beruhigen, aber ich lasse mich nicht beruhigen. Denn ich kann mir in meinen Ausmalungen nie so richtig vorstellen, wie es weitergeht, wenn ich beruhigt bin. Das Schönste ist doch dann wohl vorbei.

Manchmal möchte ich allerdings auch jubelnd ins Gebirge zu den Schafherden getragen werden wie die Marthe aus der Oper »Tiefland« vom Pedro. Aber was passiert nun eigentlich, wenn der Pedro die Marthe im Gebirge auf die Erde setzt? Ob dann alles Wunderbare zu Ende ist? Ich glaube, das Schönste und Edelste an der Liebe ist vorher die Verzweiflung. Aber meine Mutter liebt meinen Vater auch und ist gar nicht verzweifelt, nur über mich manchmal. Ich denke, das ist keine so echte leidenschaftliche Liebe wie in den Opern und wie ich sie jetzt erlebe.

Ich habe meine leidenschaftliche Liebe Rena Dunkel zu verdanken. Sie ist geschieden und eine entfernte Cousine von meiner Mutter und seit sieben Wochen zu Besuch bei uns. Tante Millie kann sie nicht leiden, meine Mutter kann sie nicht leiden –, alle Frauen können sie nicht leiden. Dabei hat sie mir einen Brief gezeigt von einem wunderbaren Mann, der schrieb: sie wäre schön wie ein Engel Gottes. Und das ist sie. Sie hat ein Nachthemd aus ganz weicher blauer Seide und Haare wie Gold und Wimpern wie kleine schwarze Fächer. Jeden und jeden Abend kommt der Herr Kleinerz jetzt zu uns, seit die Rena da ist –, und nie sagt mein Vater mehr ein lautes Wort zu mir mittags bei Tisch, seit die Rena da ist. Meine Mutter hat zu Tante Millie gesagt: es wäre ihr lieber, mein Vater würde von Zeit zu Zeit wieder jähzornig sein und schimpfen wie früher.

Die Rena lacht immer. Aber manchmal ist sie den ganzen Vormittag über im Badezimmer und sitzt in der Badewanne stundenlang. Sie hat gesagt, sie hätte morgens manchmal Depressionen – das sind Traurigkeiten – und die würden am schnellsten besser, wenn sie badete. Ich darf immer nur höchstens zwanzig Minuten im Wasser bleiben, aber wenn ich groß bin, mache ich es wie die Rena. Die liest Bücher in der Badewanne und raucht Zigaretten in der Badewanne. Tante Millie sagt: das wäre lasterhaft und passte durchaus zu einem Gesamtbild, das sie sich gemacht hätte.

Nachts sitzt die Rena manchmal auf meinem Bett und weint und spricht über die Liebe. Und sie wartet auf einen Mann, der nach Köln kommen soll. Und über mich kam dann auch die Liebe, weil sie mich zweimal mit ins Opernhaus genommen hat. Einmal gab es »Tiefland« und einmal »Tannhäuser«, und beide Male hat der Theo Samander gesungen – den Pedro und den Tannhäuser. Ich wollte weinen danach und konnte nicht sprechen –, ich wollte würdig und überirdisch werden und alles Unreine in mir abtöten und sogar nicht mehr essen. Aber das habe ich leider nicht durchgehalten.

Ich bin zu Theo Samander gegangen, ich bin dagewesen. Auf dem Hohenzollernring wohnt er und ziemlich hoch. Bei jeder Etage habe ich mich auf die Treppe gesetzt und mit mir gekämpft, ob ich nicht lieber fortlaufen sollte. Ich hatte heimlich ein hellgraues Jackenkleid von der Rena angezogen –, der Rock war so furchtbar lang und weit, ich musste ihn in der Taille unter der Jacke zu einer dicken Wurst zusammenrollen. Man konnte das nicht sehen, aber irgendwo hing der Rock doch immer tiefer. Jedenfalls sah ich bestimmt vollkommen erwachsen aus. Ich hätte die Rena gerne um ihren Fuchspelz gebeten, aber sie war nicht da. Auf dem Speicher habe ich einen alten Fuchspelz von meiner Mutter gefunden und umgelegt, man wirkt gleich ganz anders. Auf der hellen Straße merkte ich dann, dass an dem Pelz leider fast gar keine Haare mehr waren – meine Mutter hat schon recht, wenn sie immer so wild hinter den Motten her ist –, und dass der Pelz eigentlich mehr ein bisschen wie Fensterleder aussah. Ich habe ihn dann auch ganz einfach damenhaft und lässig über den Arm getragen.

Ich habe auch Blumen gehabt –, einen großen Buschen Flieder, den hatte ich am Abend vorher unter Lebensgefahr im Stadtwald geklaut. Leider habe ich in der rasenden Eile und Aufregung die Dolden immer zu kurz abgerupft und musste sie auch noch die Nacht über im Kleiderschrank verstecken, damit keiner sie sah. Darum war der Strauß nicht so wunderschön, wie ich gerne gehabt hätte.

Ich habe dann oben geschellt, und eine kleine Frau machte auf. Ihr Gesicht war etwas schrumplig mit großen braunen Augen, und sie sagte: Herr Samander wäre nicht da. Ich wollte fast etwas aufatmen, aber dann kam doch wieder die Liebe über mich, für die man kämpfen soll bis zum Letzten. Und weil ich nun auch schon mal so weit war, bin ich in die Diele reingegangen und habe mich auf einen Stuhl gesetzt und gesagt: ich würde auf ihn warten. Die kleine Frau hat mich angesehen und gefragt: ob es etwas Wichtiges wäre, sonst könnte ich es ihr ja sagen –, sie wäre die Frau Samander. Ich habe sofort geantwortet: es wäre das Wichtigste von der Welt.

Die Frau ging dann fort in ein Zimmer, mir wurde so komisch im Magen, und mein linkes Bein fing an einzuschlafen. Es roch so eng in der Wohnung und so stickig, immerzu tickte eine Uhr, an der Wand hing ein Lorbeerkranz mit rotgoldener Schleife und ein Bild von Theo Samander, wie er jubelnd einen Becher schwingt. Ich hatte nie daran gedacht, dass er eine Frau haben könnte, aber das musste mir jetzt vollkommen egal sein. Er würde sich dann eben scheiden lassen, die Rena ist ja auch geschieden. Ich habe mir genau überlegt, dass ich zu ihm sagen würde: nie wieder könnte eine andere Frau ihn so leidenschaftlich lieben, wie ich ihn liebe. Das müsste er ja einsehen.

Dann kam die Frau wieder und fragte: »Möchtest du vielleicht eine Tasse Tee mit mir trinken – oder muss man schon ›Sie‹ sagen?« Ich antwortete ganz ruhig: »Man muss schließlich bedenken, dass ich in drei Jahren entwickelt zum Heiraten bin.«

Mir war wahnsinnig heiß, ich sollte meine Jacke ausziehen –, in der Aufregung tat ich's auch. Sofort rutschte mir der Rock runter. Ich sagte gleich, ich fröre so entsetzlich, und zog die Jacke wieder an.

Wir haben Tee getrunken, ich habe mich verschluckt. Das ganze Zimmer war voll von den wunderbarsten Lorbeerkränzen. Wo man hinguckte, waren lauter Lorbeerkränze, und auf einer Schleife stand: »Dem göttlichen Sänger«. Ach, ich wusste ja immer, dass er göttlich ist. Es tat mir leid für die Frau, aber wenn ich Theo Samander heiratete, würden wir die ganzen Lorbeerkränze mitnehmen müssen.

Ich sollte von dem Brot und dem Himbeergelee essen, das hätte ich furchtbar gern getan, aber ich genierte mich, weil ich Angst hatte, zu kleckern –, vor der Frau und auf Renas Jackenkleid. Dann hat die Frau mir einfach ein Brot zurechtgemacht. Ich dachte, zwei oder drei Lorbeerkränze könnte man ihr ja vielleicht lassen.

Von der Schule habe ich etwas erzählt, und sie hat mir gesagt: ihr Mann hätte Soloprobe für Tristan. Sie war so nett –, ich wollte, dass sie ruhig die Hälfte von den Lorbeerkränzen behielte, Theo Samander würde ja doch immerzu viele neue bekommen.

Dann hat es auf einmal telefoniert, und die Frau sagte mir: leider käme ihr Mann nach der Probe nicht nach Haus, sondern ginge essen und dann gleich zur Vorstellung. Da musste ich denn gehen. Die Frau sagte freundlich, ich sollte bald wiederkommen.

Ich habe auf der Treppe gedacht, dass ich überhaupt keinen von den Lorbeerkränzen für später haben will. Und ich habe gedacht, wie furchtbar schade es doch eigentlich ist, dass ein Mann, der schon eine Frau hat, nicht noch eine dazu heiraten darf. Es wäre doch das einfachste von der Welt –, warum soll es eigentlich nicht sein?

Eigentlich hatte ich überhaupt keine Lust, noch mal zu Theo Samander zu gehen. Meinen Schwur hatte ich ja nun gehalten –, jetzt wollte ich lieber immer von Weitem lieben und nachts von ihm träumen.

Die Rena hat mich ja Gott sei Dank gar nicht gefragt, was nun mit dem Großen wäre, das ich getan hatte. Die musste so furchtbar viel anderes denken. Aber die Elli hat mir keine Ruhe gelassen, und sie wusste auch schon vorher was von meiner leidenschaftlichen Liebe und bewunderte mich und machte meine Mathematikaufgaben und zupfte für mich Margeriten als Liebesorakel. Ich konnte ihr einfach nicht sagen, wie es richtig gewesen war, weil ja gar nichts war. Ich hab ihr also erzählt, ich wäre bei Theo Samander gewesen, ich dürfte nichts davon sprechen. Elli war sofort furchtbar aufgeregt und fragte: »Ach, wie ich dich beneide –, habt ihr euch geküsst?« Ich habe überlegt und gesagt: »Nein, wir sind Hand in Hand der Sonne entgegengegangen.« Ich habe nämlich schon oft gelesen, dass Liebende das tun. »Im Zimmer?«, hat Elli gefragt, und ich habe gesagt: »Ja, im Zimmer – von der Tür bis zum Fenster« –, trotzdem es ja sonst fast immer blühende Heiden und Kornfelder sind. Und ich musste dann noch Elli sagen, dass er vor mir gekniet und gesungen hätte.

Jeden Tag musste ich Elli was Neues erzählen –, meine leidenschaftliche Liebe wurde immer leidenschaftlicher, und alles war schön wie in Wirklichkeit. Und wenn ich der Elli so erzählte, glaubte ich manchmal richtig: alles wär wahr.

Und nun ist alles grauenhaft geworden. Rena kann mir nicht mehr helfen –, sie ist fort und heiratet einen Mann, der das Gemeinste von der Welt ist: nämlich Lehrer. In einem kleinen Dorf an der Ahr. Rena hat selbst gesagt: es sollte sie wundern, wenn das gut ginge –, aber sie kann gegen die Liebe nicht an. Wenn ich erfahre, wo sie ist, fliehe ich zu ihr.

Heute musste ich nämlich zur Direktorin. Mein Kopf ist entzwei –, ich kann nicht mehr weinen. Eigentlich war ja die Elli schuld an allem. Sie hatte geschworen, nie einem Menschen mein Geheimnis zu verraten. Dann konnte sie es nicht mehr aushalten und hat Gretchen Katz alles erzählt und sich schwören lassen, nichts weiterzusagen. Dann konnt Gretchen Katz es nicht mehr aushalten und hat alles Cordula Minnig erzählt und sich schwören lassen, nichts weiterzusagen. Dann hat Cordula Minnig alles Lissy Junklang erzählt, und von Lissy Junklang kommt die größte Gemeinheit: Sie hat alles ihrem Vater erzählt. Da durfte sie nicht mehr in die Schule, aber der Professor Junklang kam in die Schule zur Direktorin und sagte: er ließe sein reines Kind nicht in einem schmutzigen Pfuhl, wo eine frühreife verdorbene Pflanze eine Liebschaft mit einem Tenor hat. Die frühreife verdorbene Pflanze bin ich.

Ich bin aus der Schule fortgelaufen, die Elli hinter mir her –, trotzdem wir noch Zeichenstunde hatten. Nun sitzen wir hier auf einer Bank im Stadtwald. Elli will alles mit mir tragen und ihre Schuld wiedergutmachen und mir ihren goldenen Rosenkranz schenken. Ich will ihn nicht annehmen. Sie weiß ja noch gar nicht, dass ich sie belogen habe –, sie denkt, wir könnten zu Theo Samander und mit ihm fliehen. Du lieber Gott!

Elli wird erfahren, dass ich sie belogen habe. Die Direktorin und der Professor Junklang glauben mir nicht, dass ich alles nur so gelogen habe. Ich werde aus der Schule fliegen. Heute Abend werden meine Eltern alles wissen. Und wenn ich dran denke, dass vielleicht Theo Samander alles erfährt und seine Frau –, also, dann wird mein Kopf so heiß wie von Fieber.

Ich werde das alles natürlich nicht überleben. Aber wenn ich es überlebe, dann werde ich nie mehr leidenschaftlich lieben. Nie, nie, nie mehr in meinem ganzen Leben. Liebe ist das Entsetzlichste, was es auf der Welt gibt, und die Leiden von der Liebe kann einfach kein einzelnes Mädchen ertragen –, ich weiß jetzt wirklich Bescheid.

INHALT

Mein erstes Testament 5

Die Horde der rasenden Banditen 15

Das göttliche Werkzeug 29

Wir haben ein neues Kind 44

Wir schreiben an den Kaiser 58

Als ich Bazillenträger war 79

Ich habe Angst 97

Die feinen Leute und die Pferdeäpfel 112

Ich zaubere Wahrheit 138

Tante Millie soll heiraten 157

Einmal war ich Wunderkind 170

Die große Leidenschaft 186

ÜBER IRMGARD KEUN

von Volker Weidermann

Es gibt nur zwei Bilder von **Irmgard Keun** (1905–1982), denke ich immer. Es gibt natürlich viel mehr. Aber ich kenne nur die zwei, will nur die zwei kennen. Das eine mit den kurzen Locken, die ihr über die linke Stirnseite fallen, der weiße Schal, hinten hochgeschlagen, der um den Hals herumfließt, die Augen, die schauen, als hätte sie sich soeben in den Fotografen verliebt, oder in die Welt. Eine Trauer ist darin und eine Scheu und eine mädchenhafte Selbstsicherheit. So eine Ruhe vor allem. Der Mund lächelt nicht. Die Augen lächeln. Mit Sicherheit. Das Leben wird kommen. Ich weiß, es wird schön, es wird unendlich schön, weil ich schön bin und weil ich schreibe, für mich, für die Männer, für die ganze Welt. Da war sie einundzwanzig, als das Bild entstand, und von Köln längst nach Berlin geflohen. Oder sie war sechsundzwanzig. Man wusste das lange nicht so genau, sie hat ihr Geburtsjahr 1905 ihrer ersten Romanheldin Gilgi angepasst – 1910. Irmgard Keun hatte immer ein dichterisches Verhältnis zur Wahrheit und zu ihrem Leben.

Ja, und das zweite Bild, das entstand so gegen Ende ihrer Zeit. Vielleicht Ende der Siebzigerjahre, vielleicht wieder in Köln. Die Haare sind nur geliehen, glatt und falsch, als Damenhaube auf dem Kopf, der Schal ist bunt und locker um den Hals geworfen, der Mund versucht ein Lächeln, die Augen lächeln nicht.

Wie schnell kam der Ruhm ins Leben der Irmgard Keun. *Gilgi – eine von uns* erschien 1931 und war eine Sensation. Was für ein neuer Ton, was für ein selbstbewusstes, halb korrektes, neues Deutsch, was für eine neue, moderne, selbstbewusste Frau. Und kaum ein halbes Jahr später – wer langsam schreibt, ist dumm – *Das kunstseidene Mädchen.* »Aber ich will schreiben wie Film, denn so ist mein Leben und wird noch mehr so sein«, sagt Doris im Roman. Und so war auch das Buch, so wie das Leben, so wie Film, schnell und oberflächlich und genau, weltmitschreibend, sich selbst verschenkend an die Welt, spielend mit der Welt, Schritt für Schritt Berlin erobern, die Männer erobern, das Leben erobern. Nicht mit Arbeit. Mit einem Glanz, der von innen kommt, mit einem Magnetismus, der die Welt tanzen lässt, um das kunstseidene Mädchen herum. Das ist ganz leicht. Nichts ist leichter: »Ich habe den Feh an und wirke.«

Aber auch die Dunkelheit und die Sehnsucht und das Wissen. Mit Seufzergrammatik: »So sind die Männer. Und sie haben gar keine Ahnung, wie man sie mehr durchschaut als sich selber … Wo ist denn nur Liebe und etwas, was nicht immer gleich entzweigeht? … Ich wünsche mir sehr mal die Stimme von einem Mann, die wie eine dunkelblaue Glocke ist und in mir sagt:

Hör auf mich; was ich sage, ist richtig; und wünsche mir dann ein Blut in mein Herz, was ihm glaubt ... Manchmal ist das Erotische nur dafür gut, daß man Du zusammen sagen lernt – und mir fiel es in jeder Situation schwer ... Nur wenn man unglücklich ist, kommt man weiter, darum bin ich froh, daß ich unglücklich bin ... Ich ahnte im voraus, aber mein Gefühl hatte keine Lust zu wissen.«

Dann brannten die Bücher, auch ihre Bücher. Von den gehassten Frauen im neuen Land war sie die meistgehasste. Aber Keun blieb. Zunächst blieb sie. Ihr Mann, der 23 Jahre ältere Schriftsteller und Regisseur Johannes Tralow, war dem Regime willkommen. Und dann hat sie den lustigsten, verwegensten, tollkühnsten Schritt unternommen von all denen, deren Bücher brannten. Sie sah sich das alles eine Weile an. (Sah es sich ganz genau an, wie man in ihrem Roman über die ersten Nazi-Jahre, *Nach Mitternacht* (1936), lesen kann.) Am 29. Oktober 1935 meldete sie beim Landgericht Berlin Schadenersatzansprüche an: »Die Geheime Staatspolizei hat im Juli 1933 die gesamten Bestände meiner Bücher beschlagnahmt. Ein Gerichtsurteil, das diese Beschlagnahme rechtfertigt, ist bislang nicht erfolgt und auch nicht angestrebt worden.« Was für ein schöner, wahnsinniger Mut. Da sie ja nun nichts mehr verdiene, beantragt sie für den bevorstehenden Prozess beim Amtsgericht, ihr Armenrecht zu gewähren. – Nein, eine Antwort hat sie darauf nicht bekommen. Oder doch. Sie wurde verhaftet, verhört und wieder verhört, über ihre Verbindungen zu Freunden im Ausland. Adressen, Kontakte, Aktivitäten. Ihr Vater, der Unternehmer war, hat sie da rausgeholt. Hat sie später gesagt. 200 000 Mark soll er gezahlt haben, habe ihre Mutter erzählt, erzählt Keun. Das könnten auch kleine Keun-Legenden sein. Jedenfalls kam sie frei. Und nicht nur aus der Untersuchungshaft, sondern auch aus dem Land. Sie entkam, ging nach Ostende und traf dort den Mann, den einzigen wohl in ihrem Leben, der ein bisschen diese Stimme hatte wie eine dunkelblaue Glocke, die in ihr sagte: Hör auf mich, was ich sage, ist richtig, und in ihr war ein Herz, das ihr sagte, du kannst ihm vertrauen. Es war Joseph Roth, den sie traf, mit dem sie zwei Jahre lang im Exil getrunken hat – auch Irmgard Keun trank, wie Roth, unmäßig und selbstzerstörerisch –, geschrieben, in Cafés, den ganzen Tag, die sich antrieben im Schreiben gegenseitig, in ihrem Hass auf Hitler, auf den Wahnsinn dieser Welt. Sie sind gereist zusammen, in die Teile der Welt, in die man noch reisen konnte. Als sie ihn zum ersten Mal sah, fielen ihr seine zarten Hände auf und dann sein dicker Bauch und die mageren Beine dazu. Er sah aus wie eine Kreuzspinne, meinte sie. Später hat sie geschrieben, sie hatte den Eindruck, einem Menschen zu begegnen, der im nächsten Augenblick vor Traurigkeit stirbt.

Schreiben und trinken. Und hassen. »Roth war damals nicht nur traurig, sondern auch noch der beste und lebendigste Hasser.« Und der schnellste Schreiber. »Roth und ich machen die reinste Schreibolympiade. Meistens hat er abends mehr Seiten als ich. Roth hetzt mich maßlos, aber er hat recht.«

Irgendwie sind sie wieder auseinandergeraten, Keun und Roth. Mit Roth, dem großen Hasser, war in seinen letzten Jahren nicht gut zusammen sein auf Dauer. Er war unendlich reizbar, zerstört und böse gegenüber den Menschen, die ihn retten wollten, und sei es nur für kurze Zeit. Später hat Irmgard Keun über ihn geschrieben: »Joseph Roth war der einzige Mann, der mich je gefesselt hat, sodass manches Wort von ihm in meiner Seele Wurzeln schlug.«

Sie ging nach Amerika, zu einem anderen Mann, kam wenig später nach Europa zurück, nach Frankreich, dann, 1940, kehrte sie mit gefälschten Papieren nach Köln zurück, zu ihren Eltern. Ihr Bruder fiel 1943 in Russland. Ihre Eltern hatten nur noch sie. Sie blieb bei ihnen.

Im Nachkriegsdeutschland hat man Irmgard Keun schnell und gründlich vergessen. Bis Jürgen Serke 1977 in seiner Serie im »Stern« an die verbrannten Dichter von damals erinnerte. Er hatte Irmgard Keun getroffen, in ihrer Wohnung in Köln, und schrieb ein unendlich trauriges Porträt über die vergessene, einsame Frau. »Sie schleppt ihr Leben verdrossen durch die Tage. Wozu, wofür, für wen noch Standfestigkeit zeigen?«

Endlich, mehr als dreißig Jahre nach Ende des Krieges, erinnert sich das Land an sie. Der Claassen Verlag bringt ihre Werke neu heraus. Die Menschen lasen sie und liebten sie. Ihr Lektor Klaus Antes erinnert sich an eine Lesung: »Damals, als sie in der Mainzer Universität aus *Kind aller Länder* las, war der Ansturm riesig. Die Studenten drängelten sich sogar auf den Fluren. Irmgard konnte hin- und mitreißend rezitieren. Es war bereits spät, als sie endete. Das Publikum applaudierte frenetisch. Sie war kurz vor dem Kollaps, legte aber trotzdem einige Passagen nach. Standing Ovations. Als sie am Arm des Professors entschwebte, hin zum gemütlichen Teil des Abends, grummelte sie: ›Mein Gott, ich bin doch nicht die Knef.‹«

Sie wollte dann noch ein Buch schreiben, ein letztes Buch, in dem alles zusammengefasst sein sollte, was ihr im Leben zugestoßen war. Was für ein Buch wäre das geworden!

Sie hat es nicht mehr geschrieben. Am 5. Mai 1982 ist sie in ihrer Kölner Wohnung gestorben.

Aus: Volker Weidermann, Das Buch der verbrannten Bücher, 2008.